KB038363

돌멩이를
치우는 마음

돌멩이를 치우는 마음

2022년 8월 29일 초판 1쇄 발행
2024년 10월 22일 초판 3쇄 발행

글·그림 | 천둥(조용미)

책임편집 | 이헌건
디자인 | 박정화, 김다솜
마케팅 | 김선민
관리 | 장수대
인쇄 | 정우피앤피
제책 | 바다제책

펴낸이 | 김완중
펴낸곳 | 내일을여는책

출판등록 | 1993년 01월 06일(등록번호 제475-9301)
주소 | 전라북도 장수군 장수읍 송학로 93-9(19호)
전화 | (063) 353-2289
팩스 | 0303-3440-2289
전자우편 | wan-doll@hanmail.net
블로그 | blog.naver.com/dddoll

ISBN | 978-89-7746-986-0 03810

어린이제품안전특별법에 의한 제품표시
제조자명 내일을여는책 제조국명 대한민국 사용연령 만 8세 이상

돌멩이를 치우는 마음

천둥 장편소설

내일을여는책

우리가 다르다는 사실만이 진실이다.

청소년 자녀를 둔 가정이 으레 그렇듯 종종 들려오는 학교폭력 소식들이 마음을 힘들게 한다. 제도의 변화와 여러 연수 등으로 극복해 나가려 하지만 우리들이 마주하는 학교폭력 상황은 점점 더 어려워져 가고 있다.

어쩌면 이 책의 이야기는 현실에서 적용할 수 없을 것 같아 더 절망을 느끼게 할지 모른다. 하지만 그 절망에서 딱 하나만이라도 내 이야기를 찾아간다면 글 속 영미와 정화는 나의 이야기가 될 수 있을 것이고, 내가 사는 지역에서 더 많은 영미와 정화를 만날 수 있을 것이다. 우리의 절망이 아이들의 희망으로 바뀌는 꿈을 꾸며, 아이들이 자라가는 학교와 사회는 좀더 나은 세상이 될 수 있길 바라본다.

전환의 희망을 전해준 작가에게 작은 감사의 마음을 전한다.

- 나유진_부천 뜰안에작은나무도서관 관장

한 아이를 키우기 위해선 온 마을이 필요하다고 한다. 이 책은 학생, 학부모, 교사, 마을주민이 갈등을 해결하며 성장하는 과정을 잘 보여주고 있다. 갈등을 마주했을 때의 당황스러움과 두려움, 바들바들 떨며 진실을 마주하려는 몸부림을 진솔하게 드러내고 있다. 벌새의 물 한 방울이 숲속의 동물들을 움직여 산불을 끄듯이 교사와 학부모의 땀방울이 마을주민과 함께 갈등의 불을 끄는 장면은 심장을 뛰게 만든다.

- 이경탁_운정중학교 교사

이 이야기에 등장하는 이들은 보통의 사람이다. 하지만 저마다 새로운 방식으로 연결된다. 마음이 이어주는 좋은 연결을 통해 서로의 위치와 상황을 직면하려 노력한다. 때로 직접적으로, 때로 멀리 돌린 이야기 사이에 안타까움과 친절함과 용기가 복잡하게 얽힌다. 안전하다는 말로 이 이야기를 감싸고 싶다. 단순한 한마디로 안전한 공간이 만들어지지 않지만, 소설을 읽는 시간만큼은 안전하고 맑으면 좋겠다. 그 시간을 통해 각자의 마음과 다가올 마음이 점점 더 큰 원을 만들어가기를.

- 서강선_장곡중학교 교사

이 소설은 한국 소설 시장에 클레이모어 지뢰를 설치한 듯 보인다. 분명한 독자가 있고, 이 독자들이 끊임없이 자신의 사담을 덧붙이고 자를 수 있도록 설계해 놓았다. 특히 아이가 있는 가정이라면, 아빠든 엄마든 이 책 안에 텔레비전 리모컨을 숨겨놓고 틈틈이 읽기를 간청한다. 책을 다 읽는 순간 당신이 머물러 구경하던 학교 담장을 도끼로 허물지도 모른다.

- 안성호_시인, 소설가

차례

추천사   8

  - 나유진_부천 뜰안에작은나무도서관 관장

  - 이경탁_운정중학교 교사

  - 서강선_장곡중학교 교사

  - 안성호_시인, 소설가

제1장 가려진 평화   13

제2장 질문의 시간   45

제3장 나로부터 비롯될   71

제4장 경계 너머   97

제5장 보통의 교육   133

제6장 부서진 말   169

제7장 새로고침 중   211

에필로그_맑고 좋은 보통의 날   252

보태는 이야기_회복적 정의와 '돌멩이를 치우는 마음'   256

감사의 말_온전한 것을 향하여   264

제1장

가려진 평화

1.

맑음, 보통, 좋음.

하늘은 단 하루도 같은 빛을 낸 적이 없다. 그럼에도 사람들은 몇 개의 낱말로 하늘과 대기의 상태를 말한다. 어디까지가 맑음이고 어디까지가 조금 흐림인지, 어떤 게 좋은 거고 어떤 게 나쁜 건지, 누가 만든 잣대인지 모른다. 맑음이 아니라 조금 흐림이어도, 좋음이 아니라 조금 나쁨이어도 맑음이나 좋음이었던 어제와 다르지 않게 오늘 하루를 준비한다. 그냥 보통의 날들이다. 흐린 날이 맑은 날보다 많지만 별로 상관없다. 하늘은 원래 그렇고 하루는 또 그렇게 채워지는 거니까.

아침부터 밖에서 시끄러운 소리가 났다. 영미는 냄비를 젓다 말고 주걱을 든 채 베란다 밖을 내다봤다. 옆 라인 출입구에 사람들이 모여 있다. 무슨 일이래? 고개를 갸웃하고 다시 냄비 앞으로 갔다. 감자수프가 뽀얗게 거품을 내뿜었다. 불을 더 낮추고 눋지 않게 냄비 바닥을 저었다. 수프가 걸쭉하게 엉기면서 뽀글뽀글 기포가 올라왔다. 불을 끄고 한 번 더 저었다.

"만두, 만두만두만두…."

영미는 콧노래를 흥얼거리며 냉동실에서 만두를 꺼냈다. 지난주에 돼지고기 듬뿍 넣고, 고추지 다져 넣어 매콤하게 만든 것이다. 채반에 만두 다섯 개를 덜어냈다. 너무 적은가? 한두 개 더할까? 망설이다, 콧등에 송글송글 땀이 맺힐 현우를 떠올렸다. 날 닮아서 그래. 영미는 피식 웃으며, 매운 생각만으로도 벌써 땀이 나려는 걸 애써 떨쳐냈다. 그대로 채반을 전기밥솥에 넣고 현우가 집에 올 시간에 맞춰 예약을 눌렀다. 한 김 식은 감자수프도 작은 유리그릇에 적당량씩 덜었다. 조금 더 식도록 뚜껑을 살짝 걸치게만 덮어두었다.

영미는 거실을 휘 둘러보았다. 고추와 상추, 율마 화분에도 물을 듬뿍 주었고, 소파 위 쿠션도 각을 잡아 세워

났다. 빨리 현우에게 청소를 가르쳐야겠어. 귀찮아하지 않고 즐기게 하려면 아직 어릴 때 시작해야 해. 영미는 언제쯤 시작할까 궁리하며 가방을 집어 들었다. 조금 이른 시간이라 천천히 산책하듯 출근하기로 했다. 반만 열어놓은 베란다 창으로 따뜻한 바람이 들어왔다. 밖에선 아직도 웅성거리는 소리가 난다. 자주 있는 일이다.

"따리링~."

음악 소리가 아닌 옛날 전화벨 소리가 울렸다. 모르는 번호일 때의 착신음이다. 영미는 가방에서 휴대폰을 꺼냈다. 누구지? 화면에 뜬 번호를 보며 미간을 좁혔다. 어차피 휴대폰 무료로 바꿔준다는 얘기를 숨도 쉬지 않고 떠들어대거나 사모님, 심야전기예요, 할 거다. 도대체 언제적 심야전기인가. 매번 전화번호 삭제해달라고 요청해도 소용이 없다. 그런 줄 알면서도 궁금증이 인다. 받을까? 잠시 망설였다. 에이, 영미는 과감하게 종료를 향해 손가락을 갖다 댔다. 왼쪽으로 민다는 것이 오른쪽으로 밀어버렸다. 습관이 의지를 이긴 셈이다. 궁금증이 어차피를 이긴 셈인지도.

"여보세요? 여기 영우중학교 행정실인데요."

영미가 전화기를 귀에 갖다 대기도 전에 소리가 들려

왔다.

"네? 아, 네."

영미는 얼른 전화기를 두 손으로 받쳐 들었다.

"이영미 위원님이시죠? 학교에 사고가 생겨서요. 내일 세 시에 학교폭력대책자치위원회가 열리니까 참석 바랍니다."

"네? 뭐라고요? 제 아이에게 무슨 일이 생겼나요?"

"아뇨, 어머니. 그런 게 아니라, 학교폭력대책자치위원 아니세요?"

"제가 위원이라고요?"

"네. 내일 세 시예요."

멍해진 사이 전화기에서 뚜뚜 소리가 났다.

아차, 싶었다. 영미는 영우중학교 학부모회장이다. 영미가 학부모회장이 된 것은 순전히 아들 현우가 학생회장이 되었기 때문이다. 학부모총회가 열리기 며칠 전 담임에게서 전화가 왔다. 관행상 학생회장의 엄마가 학부모회장을 맡으니 그리 알라고 했다. 영미는 황당했다. 21세기에 아직도 그런 관행이 남아 있다니. 현우가 학생회장이 되면 학교에서 뭔가 요구사항이 있을 거라고 예상은 했지만, 이런 것일 줄은 몰랐다. 생각은 그랬지만 네 알겠습니다, 답했다. 근데 저 학부모 활동 경험이 없어서, 라고 덧붙이는 걸로 약간의 저항감을 표했다. 담임은 상관없어요, 건조한 답으로 그마저 꼬리 내리게 했다.

학부모총회 날, 영미는 자리에서 일어나 고개 숙여 인사하는 것으로 학부모회장이 되었다. 학교에서 이런저런 위원회에 이름을 올리게 될 거라고 했던 것 같다. 그게 하필 학교폭력대책위원일 줄이야. 형식적인 행정일 뿐이라고 해놓고 무슨 회의를 소집하냐, 영미는 구시렁거렸다.

영우중학교는 전교생이 300명 정도 되는 작은 학교다. 인근에 두 개의 초등학교가 있는데, 영우시에서는 알아주는 혁신학교다. 덕분에 영미는 교육에 대해서는 큰 걱정 없이, 또 큰 관심 없이 아이를 초등학교에 보냈다. 하지만 영우중학교는 평판이 좋지 않았다. 특히 학업에 대해서. 이웃들은 종종 담벼락에 붙어 서서 담배를 피우는 학생들 때문에 골머리를 앓았다.

초등 고학년이 되면 학부모들은 전학을 고민했다. 학년이 올라갈수록 학생 수가 눈에 띄게 줄어들었다. 공부 좀 한다하는 아이들이 먼저 떠났고, 등수와 상관없이 친구 따라 학원 따라 도시로 나갔다. 남겨진 아이들과 부모들은 애써 상관없는 척했다. 영미도 이사를 가야 하나 고심

하지 않은 건 아니다. 하지만 현우를 믿었다. 현우는 어디에서나 제 할 일을 하는 아이니까.

현우가 학생회장이 되겠다고 했을 때 잠깐 주저했다. 혹시 귀찮은 일들이 생기지 않을까 우려되었다. 학부모 활동에 관심이 없어도 그 정도는 예상할 수 있었다. 그래도 딱히 말리지 않았던 것은 그동안 학부모들의 치맛바람을 느끼지 못했기 때문이다. 영미만큼이나 다른 학부모들도 학교에 관심이 없다. 공부야 학원에서 하는 거고, 학교는 그저 친구들이나 사귀고 졸업장만 받으면 그만이다. 학교도 그런 분위기를 잘 아는지 학부모들을 불러대는 귀찮은 일을 애써 만들지 않았다. 매번 퇴임을 앞둔 교장이 한두 해 자리를 지키다 갔고, 교사들도 승진 점수를 따기 위한 서류를 적당히 알아서 꾸몄다.

'학교폭력이라니…'

영미는 현우에게 일어난 일이 아니라서 다행이라고 생각했다. 동시에 그런 생각조차 불경스러워서 고개를 저었다.

들고 있던 가방을 내려놓고 컴퓨터를 켰다. 검색창에 학교폭력대책위원회를 치자 규정과 징계에 관한 연관검색어가 떴다. 무엇부터 살펴볼까 망설이다, 교육청 사이

트로 들어갔다. 학교폭력대책위원회에 관한 매뉴얼이 어딘가 있을 것이다. 이리저리 검색해 봐도 찾기가 쉽지 않았다. 학교폭력예방교육이라는 영상 하나를 보관함에 넣어두고 컴퓨터를 껐다. 역시 괜히 전화를 받았다 싶어 휴대폰을 한번 째려보았다.

다시 가방을 집어 들고 휴대폰 음악 앱을 켰다. 기분 나쁜 압박감을 떨치고 싶었다. 볼륨 업! 상쾌한 하루, 라는 플레이리스트를 눌렀다. 선생님들이 알아서 하겠지, 내가 뭘 안다고. 영미는 리듬에 몸을 맡기는 것으로 무거운 마음을 털어냈다.

"아니, 그걸 왜 그렇게 해? 내가 전에도 말했잖아. 테이프 먼저 뜯고 상자 한쪽을 잡아서, 아휴, 할 줄 아는 게 뭐냐고 대체."

"저리 가. 내가 알아서 해."

"가르쳐 주면 좀 들어. 벌써 몇 번을 가르쳐 줘도 안 되는데 또 가르쳐 주는 내가 참 대단하다."

"저리 가."

"저리 가, 저리 가. 맨날 하는 말이라곤 저리 가, 뿐이지. 그러니 왕따지."

아슬아슬하다. 오후 타임으로 출근한 영미는 가방을 계산대 아래로 던지고 매대를 정리하고 있는 정혜와 숙희를 향해 달리다시피 했다. 정혜는 분노 조절이 안 되는 건지 목소리 조절이 안 되는 건지 째지는 목소리로 신경질을 낸다. 숙희는 속이 꼬인 건지 인생이 꼬인 건지 정혜만 보면 비아냥거려서 정혜를 폭발시킨다.

"네가 뭔데 가라 마라야? 웃겨, 정말. 야, 근데 너, 이게 무슨 냄새야? 그 옷 어제도 입던 거 아냐? 아휴, 땀냄새."

"저리 가라고!"

"언니, 언니, 그만."

영미가 정혜와 숙희 사이를 비집고 들어갔다. 숙희는 영미 어깨를 살짝 잡아 젖히더니 정혜 귀에 대고 속삭였다.

"안 그래도 냄새나서 옆에 있을 수가 없어."

"아, 진짜! 저리 안 가?"

정혜 목소리가 매장을 울렸다. 숙희가 몸을 뒤로 빼면서 잡고 있던 영미 어깨를 밀었다. 영미가 매대에 부딪히며 카레 봉지가 후두둑 떨어졌다. 정혜의 고함소리에 멀리 있던 손님들이 목을 빼고 쳐다봤다. 다행히 근처에는 손님이 없다.

"거기! 정혜 씨, 잠깐 봅시다."

점장이 나타났다. 숙희는 부딪히지도 않은 팔을 과장되게 문지르며 점장 뒤로 갔다. 점장은 영미를 지나치면서 짜증 섞인 목소리로 말했다.

"봤으면 좀 말려. 참 내."

영미는 카레 봉지를 집어 들다가 멈칫했다. 코에서 뜨거운 김이 뿜어져 나오는 게 느껴졌다. 정혜도 숙희도 밉지만, 점장이 제일 꼴 보기 싫다. 숙희가 정혜를 건드리는 걸 빤히 알면서 모른 척한다. 뭔가 이유가 있겠지 싶다가도 저들의 신경전에 왜 자신이 등 터지는 새우가 되어야 하는 건지 불쑥 화가 치밀었다. 이런 건 무슨 폭력일까? 딱히 자신의 문제는 아닌데 결국 자신도 시달리게 되는 문제. 학교만이 아니라 사회에서도 이럴 때 누가 대책을 세워주면 좋겠다. 한숨이 절로 나온다.

2.

처음 가본 학교 회의실은 무거워 보였다. 책상도 무겁고 의자도 무겁고 앉아 있는 사람들 표정도 무거웠다. 책상 앞에 명패가 있는 걸 보니 마음까지 무거워졌다. 영미는 자신의 이름이 놓인 자리로 가면서 슬쩍 고개를 숙이는 것으로 인사를 대신했다. 가능한 한 사람들과 눈을 마주치지 않고 그들처럼 무심한 표정을 지었다. 앞에 놓인 회의 자료를 훑어보니 학부모위원 셋과 교사위원 둘 그리고 교감이 참여하는 것 같다. 역시 괜히 왔어, 뭐라도 핑계를 댈 걸, 영미는 뒤늦은 후회를 했다.

학생부장 선생이 사건 내용을 설명하는 것으로 회의는 시작되었다. 요지는 선배 셋이 후배 둘을 집단폭행했다는 것이다. 후배들이 건방지다는 것이 이유였다.

아이들을 한 명씩 앞으로 불러 세웠다. 본인이 진술했다는 내용을 교사위원들이 고압적인 표정으로 다시 물었다. 네 죄가 틀림없으렷다? 마치 옛날이야기에 나오는 사또를 보는 듯했다. 곧 이렇게 말할 것 같다. 이놈을 매우 쳐라!

아이들은 앵무새처럼 똑같이 대답했다. 맞았다는 아이가 묻기도 전에 말했다.

"형들이 사과했어요."

옆에 앉은 아이가 고개를 숙인 채 끄덕이며 따라 했다.

"형들이 사과했어요⋯."

학생부장은 학부모위원들을 돌아보며 말했다.

"질문 있으면 하시죠."

영미는 의자 깊숙이 등을 기댄 채 옆의 위원들을 힐끔 보았다. 아이들만큼이나 고개를 숙이고 있었다. 한 위원이 앞에 놓인 자료를 들춰보다가 자신의 손에 선생의 눈길이 닿자 얼른 자료를 덮었다. 학생부장은 간단한 질문을 던지고 아이들을 내보냈다.

학생부장이 위원들을 돌아보며 말했다.

"위원님들이 논의하시겠지만, 세 명의 가해자는 이미 7호까지 받은 상태입니다. 아시다시피 1호 서면사과, 2호 관련 학생 등에 대한 접촉 · 협박 및 보복행위 금지, 3호 학교봉사, 4호 사회봉사, 5호 심리치료, 6호 출석정지, 7호 학급교체, 8호 전학, 9호 퇴학이 있습니다. 9호 퇴학은 초중등이 의무교육이라 저희에게는 해당되지 않고요. 이번 사건의 가해자들은 이전 단계인 8호 전학에 해당되겠습니다."

"그럼 그렇게 하지요."

한 학부모위원이 여전히 서류에 눈을 박은 채 답했다.

영미는 뭔가 잘못 들은 줄 알았다. 갑자기 징계라니, 뭐지? 대책위원회라면서 왜 대책은 얘기하지 않고 징계만 얘기하는 거지?

"담임 선생님들 의견도 미리 들었습니다. 8호 전학으로 정하면 될 것 같습니다. 혹시 질문 있으신가요?"

영미는 고개를 홱 돌려 같은 학부모위원들을 쳐다보았다. 조금 전과 다름없는 자세로 다들 아래만 내려다보고 있었다. 영미는 이리저리 고개를 돌리며 그들과 눈을 마주치기 위해 애썼다. 이건 아니지 않나요? 나만 이게 이상한가요? 왜 다들 가만히 있나요? 영미는 낭패감을 느꼈다. 아는 것도 없고 나서는 건 싫은데. 그래도 이건 정말 아닌 것 같았다.

"그럼 이대로…."

"잠깐만요."

영미의 목에서 새된 소리가 났다. 하던 말이 잘린 학생부장이 영미에게 말하라고 손짓했다. 사람들의 고개가 영미에게로 향했다. 교감은 무슨 구경거리라도 난 듯 엉덩이까지 살짝 들어 영미의 얼굴을 확인했다. 영미는 숨을 들이마셨다.

"저, 제가 이런 거 처음이라 잘 모르지만, 왜 징계를 이야기하는 거지요? 그전에 뭔가 대책을 얘기해야 하지 않을까요? 선배들한테 버릇없다는 것이 때린 이유라는데, 그런 문제에 대해… 음, 저는 납득이 안 가는데…."

"어떤 대책을 말씀하시는 건지…."

교사위원 한 명이 손 위에서 볼펜을 돌리며 말했다.

"그러니까, 음… 폭력이 반복되지 않게 하기 위한 대책이요."

영미는 교사위원을 바라보던 눈길을 돌려 옆에 앉은 학부모위원으로 향했다. 자신의 말을 보태줄 사람이라도 되는 듯이. 그는 황망히 서류로 눈을 돌렸다.

"아, 학교폭력예방교육요? 저희는 학기 초와 학기 중간에 정기적으로 교육하고 있고요, 그 외에도 학교폭력 캠

페인 등을 벌이고 있어요."

"네… 그런 것도 좋지만, 이번 건에 대한 대책을…."

"이미 사과문이나 개별 상담 등은 다 했고요, 이게 남은 대책이에요. 원래 강력한 처벌이 가장 좋은 대책이지요."

볼펜이 조금 전보다 더 빠르게 돌아갔다. 경쾌함이 느껴질 정도였다. 영미는 자신이 볼펜이라도 된 듯 머리가 핑 돌았다. 무슨 말이라도 더 보태고 싶었지만 아무 생각도 나지 않았다.

"더 질문 없으시면, 징계에 대한 동의 절차를 밟겠습니다."

학생부장은 영미를 한 번 더 쳐다봤다. 잠시 머뭇거리던 영미는 다른 학부모위원들처럼 고개를 숙였다. 회의는 일사천리로 끝났다.

영미는 조회대 앞 계단을 천천히 걸어 내려왔다. 하교 후의 운동장은 썰렁했다. 교사들의 차량이 줄지어 교문을 빠져나가고 있었다.

"그래, 내가 뭐 하러 나서. 다 알아서 할 건데."

영미는 소리 내어 중얼거렸다.

특별할 거 없는 사건이었다. 어느 학교에서나 일어날 법한. 그보다 더한 일들이 비일비재하다는 것도 잘 알고 있다. 학교폭력이 크게 사회문제가 되었고, 뉴스에는 도저히 중학생이 벌인 거라고 믿기 어려운 일들이 끊이지 않고 보도되고 있다. 그런 뉴스가 나오면 쯧쯧 혀를 찼고, 채널을 돌렸다. 그저 조금 더 가까이에서 일어난 일일 뿐이야, 별로 큰일도 아니지. 영미는 자꾸만 되뇌었다.

발에 음료수 캔 하나가 채였다. 아이들이 마시다 버리고 간 듯하다. 캔을 주우려고 고개를 숙이다 털썩 소리가 나도록 그 자리에 주저앉았다. 영미는 발로 음료수 캔을 이리저리 굴렸다. 주울까, 말까.

별거 아닌 사건으로 세 아이가 전학을 가고, 두 아이는…. 피해자인 두 아이는 지금 어떨까? 아는 게 없다. 방금 그 결정을 내린 당사자지만 그들에 대해 아는 것이 아무것도 없다.

왜 이러지? 왜 이렇게까지 마음이 불편하지? 영미는 후, 소리 내어 숨을 내뱉었다. 이해가 되지 않는 것뿐이다. 학교폭력대책위원회에서 어떤 대책도 이야기하지 않고 그냥 징계로 끝난다는 것이. 어떻게 하면 폭력 문제가 되풀이되지 않도록 할지 논의할 줄 알았는데 그게 아니어서. 그런 문제 제기가 받아들여지지 않아서. 그저 그뿐이다. 세상에 내가 이해 못 할 일이 어디 이것뿐인가. 그보

28

다 더한 일도 얼마든지 있다. 그래, 내 일도 아닌데 적당히 하자. 선생님들이 어련히 알아서 했으려고. 그 애들 부모도 있을 테고. 영미는 음료수 캔을 마구 밟아 찌그러뜨렸다.

하지만 강력한 처벌이 대책이라니, 그게 말이 되나? 학교라면 아이들에게 세상의 규칙을 가르치고, 따르지 않으면 다시 가르치고, 그래도 따르지 않으면 대책을 세워야지. 학교라면 응당 그래야지. 어떻게 처벌로 해결하나. 그게 무슨 교육인가.

영미는 징계 말고 어떤 대책이 있을지 곰곰이 생각해보았다. 아이들과 상담을 하고 필요한 교육을 하고, 또 음…. 딱히 떠오르는 게 없다. 비가 오려는지 찌뿌둥한 하늘이 무겁게 내려앉고 있었다.

영미는 벌떡 일어나 찌그러진 음료수 캔을 집어 들고 집으로 향했다. 학교에서 집까지 5분도 안 걸린다는 것이 원망스러웠다. 좀더 걸을까 하다가 현우가 아직 학원에 가기 전일 것 같아 집으로 들어갔다. 현관문 여는 소리에 현우가 숟가락을 입에 넣은 채로 뛰어나왔다.

"엄마, 이거 나 먹으라고 내놓은 거 맞지?"

영미는 현우의 밝은 목소리를 듣자 순식간에 마음의 안

개가 걸렸다. 들고 있던 음료수 캔을 재활용박스에 던져 넣고 현우 엉덩이를 통통 두드렸다.

"그럼, 당연하지."

"정말 맛있어."

학교에 가기 전에 냉동실에서 내놓은 홍시가 알맞게 녹았나 보았다. 현우는 살얼음이 막 가신 홍시를 한입 가득 물었다. 영미는 전기밥솥에서 따끈한 인절미를 꺼내 주었다. 현우가 인디언 보조개를 패며 웃어 보였다. 영미는 식탁 맞은편에 앉아 현우를 바라보았다.

"왜?"

"그냥."

아직 사춘기에 접어들기 전이라 그렇겠지만 순하고 착한 아들을 보고 있으면 절로 웃음이 났다. 제발 이대로만 커다오, 영미는 속으로 염원했다.

"학교에 별일 없었니?"

"응, 별일 없어."

현우는 인절미를 길게 늘이며 무심하게 답했다. 별일 없어서 다행이다 생각하다가, 다른 사람의 불행 앞에서 다행을 생각하는 자신이 살짝 소름 돋았다. 현우는 먹은 그릇을 바로 씻어 건조대에 엎어 놓았다.

3.

결국 정혜가 잘렸다. 그날도 숙희가 먼저 건드렸지만 그런 정황은 무시되고 정혜만 잘렸다. 손님의 항의가 있었다고 한다. 그러잖아도 점장은 정혜를 자르고 싶었을 텐데 좋은 핑계가 되어주었다. 정혜는 연말까지만 다니게 해달라고 사정했다. 점장은 외면했다.

영미는 매달리는 정혜를 보는 게 불편했다. 필요한 물품을 찾아 창고로 갔다. 어쨌든 긴장은 끝났다. 정혜의 사정은 딱하지만 결국 본인이 참지 못한 거니까 어쩔 수 없는 일이다. 숙희가 정혜에게만 그러는 게 아니다. 영미도 자주 당했다. 영미는 한쪽 귀로 듣고 한쪽 귀로 흘리며 자리를 피했다. 마트의 평화를 위해서는 숙희가 없어지는 게 더 좋았겠지만 어쨌든 끝났으니 됐다.

며칠 뒤 다시 학교폭력이 일어났다. 지난번 사건의 가해자 한 명과 피해자 한 명이 포함되었다. 두 번째 학교폭력위원회가 열리던 날, 영미는 원래 오후였던 근무시간을 조정해 오전에 일을 마쳤다. 아침에 먹던 미역국에 밥을 조금 말아 들고 저장해 두었던 영상을 틀었다. 변호사가 징계 절차를 얘기했다. 스크롤을 뒤로 넘겼다. 징계에 대한 Q&A가 나왔다. 영미는 영상을 멈추고 먹던 밥을 그대로 개수대에 넣었다. 차라리 조금 일찍 가서 자신의 역할을 정확히 물어보기로 했다. 서둘러 집을 나섰다.

곧 시험 기간인데 학교는 어수선했다. 수업종이 울리고도 복도 여기저기를 소리치며 돌아다니는 아이들이 눈에 띄었다. 영미는 학교 건물 앞에서 망설였다. 막상 학교에 도착해보니 어디에 가서 누구에게 물어봐야 할지 막막했다. 학교는 언제나 그렇다. 현우가 초등학교에 다닐 때 담임 상담을 한 적이 있다. 정해진 시간에 늦지 않으려고 조금 일찍 도착했다. 앞사람 상담이 길어지고 있었다. 갈 곳이 없었다. 복도에 서 있자니 창문 너머로 교실 안이 훤히 보였다. 빨리 끝내라고 압박하는 것 같아서 목을 움츠렸다. 괜히 죄지은 사람 꼴을 하는 자신이 우스웠다. 그 뒤로 영미는 학교에 오면 무조건 화장실로 갔다. 몸을 숨기기에 가장 좋은 곳이기도 하고 실제로 긴장이 되어 소변이 마렵기도 했다.

영미는 괜히 일찍 왔네, 중얼거리고는 맥이 빠져 등나무 아래 벤치에 가서 앉았다. 보랏빛 등꽃이 한창이었다. 지붕을 타고 올라간 등꽃은 포도송이처럼 탐스럽게 주렁주렁 흘러내렸다. 꽃잎이 흩날려 마치 주단을 깔아놓은 듯하다. 이토록 화려한 등꽃이 이제야 눈에 들어오다니. 여고 시절이 떠올랐다. 등나무 벤치가 핫플레이스였다. 점심시간이면 삼삼오오 모여 앉아 이어폰 하나를 나눠 끼고 음악을 듣거나 매점에서 사 온 간식을 먹곤 했다.

햇살을 피해 조금 옆으로 움직이자 늘어진 등꽃 사이로 학생부장이 보였다. 뒷모습이지만 바로 알아볼 수 있었다. 구릿빛 팔뚝과 반듯한 자세가 남달랐다. 맞은편에 누군가가 서 있는데, 직감적으로 이번 사건과 관련한 학부모일 것 같았다. 영미는 눈이 마주칠까 봐 얼른 돌아앉았다. 지금이라도 행정실로 갈까? 그렇지, 행정실로 가면 되지. 그제야 생각이 났다. 학교는 모든 면에서 사람을 망설이게 하고 어찌할 바를 모르게 하는 면이 있다. 영미가 엉덩이를 드는 순간 여자의 언성이 높아졌다.

"그러니까, 우선 학부모회장을 만나게 해달라니까요."

응? 나를 왜 찾지? 영미는 의아해하며 돌아보았다. 뒷모습만으로도 학생부장이 쩔쩔매는 게 느껴졌다. 자신이 나서야 할 것 같았다. 그쪽으로 걸어가자 학생부장이 영미를 알아봤다.

"어? 언제 오셨어요? 마침 잘됐네요. 이분이 회장님을 뵙고 싶다고 하시네요."

"네. 안녕하세요?"

"학부모회장님이시라고요? 아니, 회장님. 제 아들이요, 글쎄…."

여자는 우는 얼굴을 하다가 갑자기 정색을 했다.

"근데, 학부모회장이 왜 아직 사건을 몰라요? 응? 제일 먼저 아셔야지."

영미는 최대한 어리둥절한 표정을 지었다. 어리둥절한 상황인 것은 맞지만, 이럴 때는 더욱 모르쇠가 최선인 것을 본능적으로 안다.

"지금 대책회의하러 오신 거지요? 회의에서 자세한 설명을…."

학생부장이 상황을 설명하려고 하자 여자가 말을 잘랐다.

"아니, 선생님. 지금 회의가 중요해요? 사람 마음이라는 게, 회의로 해결이 돼요? 회의에서는 징계 얘기만 하실 거잖아요."

여자는 선생을 향해 쏘아대더니 영미를 보고 돌아섰다.

"아니, 회장님, 제 아이가 그저께 또 폭행을 당했어요. 며칠 만에 또 그놈들이. 저번에도 그랬고 이번에도 교장이 사과 전화도 한번 안 하고. 그래서 내가 학부모회장 연락처를 달라고 했어요. 아니 내가 먼저 이렇게 해야 해요? 피해자인데? 우리 애 이틀을 학교도 못 가고 병원에 있는데!"

여자의 목소리가 점점 격앙되었다.

"그게 대책위원회가…."

다시 설명하려는 학생부장을 영미는 얼른 손으로 제지했다. 피해자 부모의 감정을 달래는 게 우선이라는 생각이 들었다.

"어머님. 많이 서운하셨겠어요. 제가 학부모회장이 처음이라 모르는 게 많아요. 일단 여기 좀 앉아 보세요. 저도 궁금해서 일찍 온 거예요."

영미는 여자의 손을 끌고 등나무 벤치에 앉았다. 이 와중에도 학교에 온다고 차려입은 옷이 더워 보였다. 스팽글이 요란스럽게 빛을 내자 여자의 얼굴이 빠르게 지쳐갔다.

"아이 이름이?"

"진석이요, 유진석."

"네, 진석 어머니. 진석이 많이 다쳤나요?"

진석 어머니는 손에 꼭 쥐고 있던 손수건으로 이마의 땀을 톡톡 두드리다가 흑, 하고 울음을 터트렸다. 조금 전까지 목청을 높이던 사람이 맞나 싶다.

"애가 다치기도 다쳤지만, 마음이 어떻겠어요. 내가 속상해서…."

만일 현우가 다쳐서 왔다면…. 상상하기도 싫었다. 갈비뼈 안쪽이 저미는 듯 아파왔다.

"지난번 맞은 뒤로 애가 잠을 못 자요. 아침마다 벌건 눈으로 겨우 학교에 가기는 했는데…. 아이구, 그때 학교를 보내는 게 아니었는데. 애 아빠도 일을 못 나가요. 속상하고 불안해서. 옆에서 보고 있으면 무슨 사고라도 낼까 봐 겁이 나 죽겠어요."

영미는 진석 어머니의 어깨를 감싸 안았다. 흐느끼던 진석 어머니가 갑자기 소리를 버럭 질렀다.

"때린 그 녀석은 학교만 옮기면 그만인가요? 바로 옆집에 사는데?"

영미는 뒤통수를 맞은 듯했다. 옆집에 산다니. 옆집에 사는 걸 학교에서 모른다는 건가? 교사들이나 부모가 다 알아서 할 줄 알았는데⋯. 별거 아닌 줄 알았던 일이 이렇게 한 가정의 일상을 무너뜨릴 수 있다니⋯. 별거 아니라는 판단은 도대체 누가 할 수 있다는 말인가. 영미는 다시 막막해졌다.

이번에도 영미가 할 수 있는 일은 없었다. 때린 학생은 이제 다른 학교의 학생이니, 징계는 그쪽 학교에서 이루어질 거라고 했다. 진석을 불러 가해자에게 데려간 또 다른 학생에게 징계가 내려졌다. 그 학생도 진석과 같이 맞았으므로 피해자이기도 했다.

"사내자식이 몇 대 맞을 수도 있다고요? 남의 일이라고 그렇게 함부로 말하지 말아요. 왜 이유 없이 맞아야 해요? 왜 이유 없이 사람을 때려요? 학교가 하는 일이 뭐야? 학교만 믿고 보냈는데!"

마지막에 진석 어머니는 악에 받쳐 외쳤다.

결국, 진석이네는 동네를 떠났다. 선대부터 300년 넘게 살던 토박이라고 한다. 잘 되던 세탁소도 접었고 오랜 단골도 다 버렸다. 피해자, 가해자 모두 전학한 것이다. 이것이 대책이라면, 그것도 강력한 대책이라면 이제 아무 일도 일어나지 않아야 한다. 하지만 그런 기대는 일주일 만에 깨졌다.

호랑이 떠난 자리에 늑대가 왕 노릇을 한다고, 전학 간 아이 자리를 두고 세력다툼이 일어났다. 시험이 끝나던 날, 3학년 10여 명이 1학년 10여 명, 2학년 10여 명을 불러 모았다. 3학년 세 명이 2학년 세 명을 때리고 나머지 아이들은 맞는 장면을 지켜보게 했다.

마트 앞에 서성이는 여자가 보였다. 뻗친 머리카락 그대로 잘 때 입었을 무릎 나온 바지 위에 앞치마만 하나 두른 채 팔짱을 끼고 서 있다. 다른 곳을 보는 듯하지만 눈은 계속 영미의 발걸음을 쫓는다. 영미는 손목시계를 확인했다. 아직 8시 50분, 오픈 시간 10분 전이다. 영미가 셔터를 열고 들어서자 서너 걸음 뒤로 여자가 따라 들어왔다. 영미는 계산대에서 포스기의 전원을 켜고 오픈 냉장고 앞 블라인드를 올리러 갔다.

영미가 두부와 콩나물 냉장고를 오픈하자 여자는 순두부 하나를 집어 들고 총총총 계산대 쪽으로 갔다. 어차피 부팅이 되려면 시간이 걸리니까 다른 냉장고까지 마저 오픈했다. 그때 숙희가 출근했다. 영미를 쫓던 여자의 눈이

38

숙희를 쫓았다. 숙희가 계산을 했다. 영미는 계산대로 가려던 발걸음을 돌려 채소 코너로 가서 덮어놓은 신문지를 치웠다. 어느새 점장이 와서 그들을 지켜보고 있었다.

안녕히 가세요, 숙희의 목소리가 경쾌하게 울려 퍼졌다. 손님이 우선이지 않아? 나무라는 점장의 얼굴이 어디선가 본 듯했다. 그때부터였던 것 같다. 숙희는 자주 영미 곁으로 왔다. 영미는 속으로 노래를 불렀다. 아무것도 듣지 않기 위해 귀를 두드리는 아이처럼 끊임없이 아무 노래나 머릿속에 재생시켰다.

처음 마트 일을 시작할 때 계산 일이 제일 힘들었다. 혹시나 틀릴까 봐 영미의 눈동자는 오로지 물건과 포스기만 오갔다. 손님들은 할인 제품이나 할인율에 예민했고, 점장은 손님 항의에 예민했다. 계산하는 자신의 손만 쳐다보는 손님의 눈길이 부담스러웠다. 본다고 더 빨라지는 것도 아닌데 왜 그렇게 뚫어져라 쳐다보는지. 동작 하나하나에 군더더기가 없어야 말이 없다.

이제 영미는 2년 차다. 이쯤 되면 오늘 이 손님의 식탁 메뉴가 뭔지, 손님이 빼놓고 온 제품이 뭔지 알아차릴 정도가 된다. 그렇다고 오이는 안 사도 괜찮으세요? 냉면에는 오이가 있어야 맛있는데, 라며 오지랖을 떨지는 않는

다. 그 손님은 아 참, 오이를 빼먹었네. 고마워요, 하겠지만 오이를 사기 위해 계산을 멈추면 뒤에 손님들은 짜증을 낸다. 아무리 하던 계산을 보류하고 다음 손님을 먼저 해준다고 해도 오이를 가져오느라 계산이 늦어졌다고 그 뒤에 뒤에 손님은 불만스러워하기 때문이다.

능숙한 계산원은 손님이 길게 줄을 섰다고 마음이 급해지거나 빠르게 처리하기 위해 애쓰지 않는다. 그래봤자 손님은 계속 이어질 것이고, 빠르면 빠를수록 점장은 더 빠른 것을 요구할 것이다. 손님도 마찬가지다. 자기가 유난히 바쁘다는 것을 어필하면서 좀더 빨리 해 달라고 재촉해도 같은 속도를 유지할 필요가 있다. 어떤 손님이나 공평하게. 한번 빨라진 속도는 줄일 수 없고, 잘못하면 더 빨리 할 수 있으면서 안 해줬다는 소리만 듣게 된다.

일정한 속도로 계산하는 동시에 매장 안의 풍경과 상황을 한눈에 살핀다. 지금 어떤 품목이 줄어들고 있는지, 어떤 직원이 눈치 빠르게 채워 넣고 있는지, 손님이 언제쯤 계산대 앞으로 몰리게 될지, 점장은 어디 있고 누구를 보고 있는지 가늠할 수 있다.

자신이 그 정도라면 점장은 더 많은 것을 파악할 수 있을 것이다. 10년도 더 된 베테랑이니까. 숙희가 영미에게 말을 거는 일이 많아지면서 끝났다고 생각한 긴장 상태가 다시 시작되었다. 가려진 평화였다. 숙희는 왜 그럴까. 영미는 진심으로 그것이 궁금했다. 하지만 더 궁금한 것은 숙희의 마음보다 점장의 마음이었다. 원망스러웠다. 소용없는 일이었다.

결국 영미는 마트를 그만두었다. 자신이 그만두지 않아도 곧 그만두라는 말을 듣게 될 것을 알았다. 영미에게 하나의 질문이 남았다. 자신이 점장에게 바란 것은 무엇이었을까.

영미는 오후 타임에 그만두지 않은 걸 후회했다. 집으로 들어가기에는 너무 훤한 대낮이었다. 빌라 입구에 서서 뒤를 돌아보았다. 오토바이 한 대가 부르르르 소리를 내며 지나갔다. 길 이쪽 끝에서 저쪽 끝까지 고개를 빼고 둘러보았다. 아무도 없었다. 영미는 주차장으로 갔다. 차 안은 숨이 턱 막힐 만큼 후덥지근했다. 차 문을 잠갔다. 살짝 열어놓은 창문마저 꽁꽁 닫았다. 벌써 이마에 땀이 흘렀다. 의자를 뒤로 밀었다. 너무 넓다. 앞으로 당기니 너무 반듯하다. 의자를 완전히 뒤로 밀고 바닥에 주저앉았다. 좁지만 적당했다. 천천히 무릎을 끌어안고 턱을 올려놓았다.

갑자기 커다란 소리가 안에서 밀려 나왔다. 으아아앙. 영미는 머리를 젖히고 소리 내어 울었다. 아이 적 이후로 이렇게 큰 소리로 우는 것은 처음이다. 나 왜 울어? 울면서 스스로에게 물었다. 뭐가 서러운 건데? 마트 그만둔 게 이렇게까지 울 일이야? 우는 자신이 어이없었다. 마트야 다른 곳에도 얼마든지 있는데, 길을 잃은 것 같은 이 막막함은 도대체 어디에서 오는 건지 알 수가 없었다.

젊을 때는 청춘이니까 흔들려도 괜찮다고 생각했다. 아무것도 정해진 게 없다는 게 불안했지만 어른이 되어가는 과정이라 여기고 받아들였다. 서른이 넘어서도 모르는 것 투성이였다. 학교에서 배운 것들은 아무 도움이 안 되었다. 책을 읽고 선배들에게 묻고 깨지면서 터득해갔다. 마흔이 되자 조금 자신이 생겼다. 많은 것들이 자리를 잡았고 단단해졌다. 어떤 일이 닥쳐도 헤쳐 나갈 수 있을 것 같았다. 흔들림 없이 살고 있다고 생각했다. 그런데 지금, 내 인생과 아무런 상관없는 일에 발부리가 걸려 코를 박고 넘어졌다. 막막했다. 뭘 어떻게 해야 할지 모른다는 게 미치도록 답답했다. 아니, 모르는 게 뭔지도 모르겠다. 영미는 자신의 절망이 지나치다는 걸 안다. 그럼에도 그칠 수 없는 울음과 절망이 밀려 올라왔다.

문득 진석 어머니의 행방이 궁금했다. 만나지는 않더라도 전화 통화라도 해볼걸. 아니, 문자만이라도. 연락처를 알려고 마음먹으면 알아내지 못할 것도 없는데. 하지만 무슨 말을 할 것인가. 미안하다? 미안하다는 말로 영미의 진심이 전해질 것인가. 과연 진심은 전해질 수 있는 성질의 것인가. 무엇이 미안한가. 책임? 양심? 정의감? 미안하다 말하고 나면 괜찮아질까?

내 문제도 아니고 내 잘못도 아닌데 도대체 왜? 아니, 내 잘못이야. 마음속에서 바로 반박이 올라왔다. 그래, 내 잘못이야. 그런데 뭘? 모르겠다. 잘못했습니다, 라고 고개 숙여 말하는 아이에게 뭘 잘못했는데? 라고 되묻는 것 같다. 뭘 잘못했는지 모를 수도 있지. 그럼에도 잘못이라는 걸 아는 게 중요한 거지, 변명해 봐도 소용없었다. 심술궂은 이 질문에 답할 수 없다면 울음을 그칠 수 없다는 듯 영미는 다시 흐엉흐엉, 소리를 높여 울었다.

미안함이든 아니든 부채감은 분명했다. 완벽한 사과는 없다. 사과는 그저 시작하는 것이다. 단말마적인 말로 끝내지 않음을 스스로 증명해내지 않으면 안 된다.

제2장

질문의 시간

1.

"하나, 둘, 셋, 넷, 다섯, 여섯 …… 열여덟, 열… 아…!"

숫자를 세는 광길의 목소리가 점점 커지다가 탄식으로 끝났다. 부족해서는 아니었다. 드리블을 한 번도 못하던 재승이가 열아홉 번까지 해낸 것이 정말 기특했다.

"좋았어. A+!"

재승이의 점수에 아이들이 의아한 눈으로 광길을 쳐다봤다.

"처음에 말했잖아. 결과보다 과정을 볼 거라고. 3차시에 걸쳐 가장 높은 발전을 한 거 너희도 봤잖아."

광길의 말대로 재승이의 발전은 극적이었다. 비록 스무 번을 채우지 못했지만 3주 만에 0번에서 열아홉 번으로 발전한 것이다.

재승이는 배구만이 아니라 모든 운동을 못한다. 일단 자세가 엉성하다. 한마디로 운동감각이라고는 없는 아이다. 그런데도 체육을 좋아한다. 못하는 아이가 좋아하는 경우가 없잖아 있지만 재승이만큼 좋아하고 열심히 하는 아이는 처음 봤다. 악착같이 연습한다. 그동안 광길이 가르친 거의 대부분의 종목을 이런 식으로 해냈다. 배구 첫 시간부터 재승이는 공을 주우러 뛰어다니기 바빴다. 사방팔방으로 공이 튀었고 엉덩이는 뒤로 쭉 빠졌다. 자세를 잡아주자 그 자리에서 공 없이 계속 자세를 연습했다. 수시로 광길에게 눈짓으로 물었고 광길도 그때마다 눈으로 답해 주었다. 아이 수대로 배구공이 없는 게 재승이에게 미안했다. 다른 아이들은 그 핑계로 조금이라도 덜하려고 도망 다니는데, 재승이는 어떻게든 한 번이라도 더 공을 만져보려고 애를 썼다.

배구를 수행평가로 정했을 때 아이들은 원망의 소리를 질렀다. 처음부터 잘하는 아이들도 있으니 공평하지 않다는 아이들도 있었다. 광길은 그 말을 기다렸다는 듯이 덧붙였다. 결과보다는 과정을 보겠다고. 체육은 국영수처럼 문제에 대한 답이 하나로 정해져 있지 않아서 좋았다.

광길이 정하기 나름이다. 운동을 잘하는 아이들은 억울해했다.

"그런 게 어딨어요? 너무 부당해요."

"뭐가 부당해? 네가 운동 잘하는 게 너의 노력이야? 타고난 거잖아. 각자 다른 신체적 능력을 갖고 태어났으니 최선을 다해 갈고 닦는 사람에게 높은 점수를 주는 게 당연한 거 아니야?"

광길의 말에 몇몇 아이들은 입을 삐죽거리고 몇몇은 안도의 한숨을 내쉬었다.

"다시 도전하고 싶은 사람은 이번 주 내로 신청하도록. 한 번 더 기회를 주는 거니까 많이들 참여하기 바란다."

아이들은 어우, 소리를 내며 주저앉았다.

광길은 '바른 몸에 바른 정신이 깃든다'라는 표어를 보고 체육 과목을 선택했다. 무엇보다 교육자라는 것이 좋았다. 세상은 불합리하고 부조리한 것투성이지만 그래도 학교는 원칙이라는 게 통했고, 그 원칙을 다른 누구도 아닌 자신이 세워 갈 수 있는 위치에 있다는 것이 만족스러웠다.

체육 교사의 별명에 관한 논문이 있다. 별명과 수업에

대한 상관관계를 분석한 글이다. 학생들을 대상으로 직접 설문 조사했다는데, 굳이 설문 조사 따위 하지 않아도 대한민국에서 학교를 다닌 사람이라면 누구나 안다. 대부분의 학교에는 미친개나 독사, 변태 같은 별명의 교사가 있다. 전통을 이어가듯 대대로 별명이 내려온다. 그 교사는 주로 체육 교사이고, 체육 교사는 주로 학생주임을 맡는다. 광길이 이 학교에 오기 전에도 미친개가 있었고, 그가 가고 광길이 오자 미친개라는 별명은 당연히 광길에게 주어졌다.

하지만 광길은 한 학기 만에 미친개라는 별명이 사라지게 만들었다. 그는 아이들을 예뻐했다. 아이들도 안다. 예뻐서 엄격하게 대하는 것과 분별없이 엄격하기만 한 것의 차이를. 가끔 광견이라 부르는 아이도 있었는데 단순히 이름으로 장난을 치는 거라서 개의치 않았다.

"아이, 진짜 광견. 다른 과목은 다 잘하는 순서대로 점수를 주는데 왜 혼자만 저래?"

"그러게. 최선은 무슨 최선. 결과적으로 잘하는 게 중요하지."

"야, 됐어. 그래봤자 우리가 더 잘해."

"그건 그렇지, 킬킬."

키 크고 몸이 다부진 아이들은 들으라는 듯이 투덜거렸
다. 광길은 피식 웃었다. 다른 수업에서 존재감 없는 아이
들이 여기서조차 뽐낼 기회를 빼앗겼으니 얼마나 속상할
것인가. 광길은 그 아이들의 마음도 잘 안다. 하지만 자신
의 원칙을 바꿀 생각은 없다. 처음부터 수업에 대한 철학
을 아이들에게 분명히 밝혔다. 체육시간을 그저 노는 시
간으로 생각하지 말라고. 체육 잘하는 아이들만 신나는
시간이 아니라 각자의 신체를 자유롭게 사용하는 법을 가
르쳐주겠다고. 체육시간마저 빡세다고 투덜거리던 아이
들은 시간이 지나면서 다음 수업에 대한 기대를 가졌다.
광길은 다음에 저 아이들이 먼저 시범을 보일 수 있게 기
회를 주어야겠다, 마음먹었다.

"너희 셋, 통에 공 담아서 저쪽 창고 앞에 가져다줄래?"

투덜거리던 아이들이 움찔하더니 공을 담기 시작했다.

"야, 이제 공 담으래. 빨리!"

책임을 지워주면 아이들은 누구나 잘 해내고 싶어 한
다. 농구하듯이 던져 넣는 아이들을 혼내고 튕겨 나가는
공을 주워오게 하면서. 광길은 짐짓 모른 척했다가 격려
해주고 수업을 마무리했다.

수업에 만족하면 아이들은 교사를 따르기 마련이다. 그

교사의 생활지도에도 순응한다. 덕분에 학생주임이라는 소임도 별 어렵지 않게 해내 왔다. 물론 흡연을 하거나 태도가 불량한 학생이 없지는 않았다. 아무리 교사가 뛰어나도 예외는 있는 법이니까. 하지만 학교폭력은 다르다. 특히 집단 폭행이 벌어지면 무릎이 푹 꺾인다.

첫 사건이 터진 날, 교장은 길길이 뛰었다. 이번 학기만 마치면 정년퇴임을 하는 교장은 어떻게든 잘 마무리하라고 빌다시피 했다. 광길은 바뀐 학교폭력 지침서를 다시 한번 꼼꼼하게 읽고 절차에 따라 일을 처리했다. 피해자 측과 가해자 측에 공정하게 과정을 설명하고 단계를 밟았다. 회의도 철저히 준비했다. 미리 담임을 만나고 다른 교사위원들의 의견을 들어 최대한 빨리 마무리 지을 수 있도록 했다. 결과적으로 잘 끝났다고 생각했다. 그런데 사건이 연속으로 터진 것이다.

"어디서 잘못된 걸까?"

"네?"

광길이 중얼거리자 컴퓨터에 코를 박고 있던 가사 선생이 반사적으로 고개를 들었다.

"아, 아뇨. 그게, 또 사건이 생긴 게, 우리가 뭘 놓친 건가 싶어서요."

"아, 난 또. 놓칠 게 뭐가 있어요? 교육청에서 하라는 대로 교육이며 상담이며 다 했는데. 사건이라는 게 우리랑 상관없이 몰려서 생기기도 하고 그런 거죠. 한동안 조용했잖아요."

가사 선생은 다시 컴퓨터로 고개를 돌렸다.

"그런가요? 우리랑 상관없이…."

그럴 수도 있다. 하지만 비슷한 문제가 반복된다는 것은 근본적인 다른 요인이 있거나 새로운 시대가 도래했음을 의미한다. 어느 날 스쿨미투가 나왔을 때처럼. 스쿨미투가 일어났을 때 광길은 올 것이 왔구나, 생각했다. 한번도 생각해보지 못한 일이었음에도 그것이 올 것이었음을 알고 있었다고 느꼈고 온전히 받아들였다. 아마 아내 때문이었을 것이다.

광길의 아내는 지하철을 타고 회사에 다녔다. 출퇴근하는 동안 하루 한 번은 성추행을 당하거나 당하는 사람을 '목격당했다.' 자신이 당할 때도 몸서리를 쳤지만 목격당하는 것도 그 못지않게 괴로웠다. 뻔히 더듬는 손을 보고도, 심지어 그놈과 눈이 마주치고도 아무 소리 못하는 자신이 말도 못하게 무력하게 느껴졌다. 그놈이 야비하게 웃기까지 하면 너무 수치스러워 죽고 싶었다.

수많은 날을 자책만 하다가 아내는 다짐했다. 다음에는 꼭 이러저러하게 해야겠다고, 아주 구체적이고 생생하게 몇 번이나 머릿속으로 시뮬레이션을 했다. 그리고 어느 날, 아내는 마침내 소리쳤다. 여러분, 저 사람이 성추행했어요. 저 사람 신고할 거니까 도와주세요. 거기, 야구 점퍼 입으신 분이랑 친구분, 그리고 옆에 모자 쓰신 분, 저랑 같이 둥글게 서서 저놈이 도망 못 가게 막아주세요. 경찰이 다음 정류장에 온다고 하니 다 같이 내려주세요. 경찰이 올 때까지 버티시면 돼요. 아내의 지시에 야구 점퍼와 친구, 모자는 그놈을 지키기 위해 둥글게 섰다. 그놈은 완전히 당황해서 도망가거나 항변할 엄두를 내지 못했다. 그들은 둥글게 선 그대로 전철에서 내렸고 경찰이 오자 성추행범을 넘겼다. 아내는 내내 피해자 곁에서 안심을 시켰다. 야구 점퍼가 바로 광길이다.

쌓이고 쌓인 울분이 터질 것 같은 순간, 없던 용기가 생겨나기도 한다. 지켜져야 할 것이 지켜지지 않을 때 스스로 지키는 법을 깨친다. 아내에게도 그런 순간이 왔던 거다. 스쿨미투도 그런 순간들이 모여 폭발한 게 아닐까. 한 사람의 용기는 때로 세상의 인식을 바꾼다. 우리는 갑작스럽다고 말하지만, 변화의 물줄기는 강물처럼 도도히 흘러오다가 순식간에 우리를 덮쳐 흠뻑 적신다. 그 순간 우리는 묵은 때를 벗고 새것이 된다. 그런 것을 시대정신이라 부를 것이다. 광길은 지금 그 강둑이 터지기 바로 전이라고 느꼈다. 대처법을 찾지 못하면 강물은 속절없이 쏟아져 내릴 것이다.

광길은 자신이 놓친 것이 무엇인지 찾기 위해 날을 세웠다. 세 번째 학교폭력이 터졌을 때 그는 직감적으로 알았다. 드디어 둑이 터지고, 자신이 구축한 세계가 무너졌다는 것을. 새로운 시대에 맞는 새로운 질서 체계가 필요하다는 것을.

2.

폭풍이 예고되었다. 바람이 거세졌다. 긴 머리카락이 하늘 위로 뻗쳐올랐다가 뺨을 때리고 다시 뻗쳐올랐다. 아이들은 어떻게든 앞머리를 사수하기 위해 손으로 가리고 가방으로도 가려봤지만 머리카락은커녕 몸을 가누기도 힘들었다. 비틀대던 아이들은 교실 뒤 거울 앞에 서서 바람에 항거한 자신들의 머리카락을 자랑했다. 서로 높은 순위를 차지하려다가도 새로 들어서는 친구에게 그 영광의 자리를 기꺼이 내어주곤 했다. 창밖에는 바람소리가 요란했지만 교실에 들어온 이상 세상은 아이들의 것이다. 누가 폭풍전야가 고요하다고 했는가.

항상 고요하던 회의실에 찬바람이 불었다.

"그러니까, 뭔가 선도가 필요하지 않을까요? 선후배라는 관계는 군기를 잡는 관계가 아니라는, 관계에 대한 새로운 문화를 만들어가는 것 말이에요."

"선도요? 그럼 저희가 선도를 안 해서 저 애들이 폭력을 한다는 말씀이세요? 저 애들 담배도 피우고 지각에 결석에 교사 지시 위반 등 말도 못해요. 교육이 없어서 그런 게 아니라고요. 상담도 했고, 할 수 있는 건 다 했지만 소용없었거든요. 부모들도 안 온 거 보세요. 집에서도 완전히 내놓은 애들이에요. 솔직히 강제전학 말고는 답이 없어요."

"다 했는데도 그런 일이 벌어졌다면 뭔가 방향이 안 맞거나 부족한 거 아닐까요? 그걸 찾아야 하지 않을까요? 뭔가 근본적인 원인이 있을 테니까요."

"위원님은 잘 모르시겠지만, 그러니까 그런 걸 다 했다고요. 다 했는데도 안 먹히는 아이들이 있잖아요. 그런 아이들은 퇴학밖에 답이 없는데 퇴학이라는 징계를 할 수 없으니 강제전학을 시키는 거고요. 그리고 자꾸 학교 측에 뭐라고 말씀하시는데, 그 시간은 엄연히 방과 후 시간이거든요. 종례가 끝난 시점부터는 가정의 책임입니다."

처음에는 별말이 없던 학부모회장이 문제를 제기하기 시작했다. 벌써 세 번째 학교폭력이 일어났으니 교사를 탓하는 목소리가 높아질 때도 됐다. 광길은 무슨 일이 생겼다 하면 그동안의 수고는 온데간데없고 항의를 위한 항의를 하는 학부모들을 수없이 겪어왔다. 하지만 학부모회장이 회의 자리에서 항의하는 건 처음 봤다. 학부모회장은 주로 학부모들 앞에서만 항의를 하고 회의할 때는 입을 다무는데, 이상한 일이다. 광길은 짜증이 올라왔다. 처음부터 상황 파악이 안 되는 사람 같더니만, 쯧.

"징계하고 나면 맞은 아이들이 안전한 게 맞나요? 아이들에게 남은 두려움은 무엇인지 우리가 알아야 하지 않을까요?"

"방과 후 시간부터는 가정의 책임이라고 하는데, 학부모들이 그런 점을 모르지 않을까요? 학교와 학부모 간에 인식 차이를 확인하고 좁혀 나가야 하지 않을까요?"

그런데 뭔가 이상했다. 교사위원이 얼굴이 벌게지도록 열을 올리는 것에 반해 학부모회장은 조금도 흥분하지 않았다. 오히려 더 낮은 목소리로 조곤조곤 말했고, 고개를 돌리고 있는 위원들과 눈을 마주치려고 애썼다. 항의라기보다는 질문에 가까웠다.

"보고 있던 아이들이 스물여섯 명이라고 하셨죠? 그 아이들에 대해서는 파악이 되었나요? 그 아이들도 말리지 않은 가해자이면서 그 폭력이 일어난 장면을 지켜봐야 했던 피해자일 텐데요. 그에 대한 일종의 심리치료나 방조죄 같은, 아무튼 그에 해당하는 교육을 해야 하지 않나요?"

"그러니까 뭔가 대책을 논의하자는 게 이 회의의 취지 아닌가요? 교육적 기회 같은 거요."

지치지도 않고 쏟아내는 질문 중에 교육적 기회라는 말이 광길의 귀에 꽂혔다. 광길은 영미의 표정을 살폈다. 화를 내지도 않으면서 저런 말을 한다면, 교사들에 대한 불신이나 항의를 전달하기 위함은 아닌 듯하다. 광길은 조심스럽게 확인해보기로 했다.

"위원님, 잘못을 저지른 아이들에게 그에 맞는 징계를 내리는 게 대책 아닌가요? 잘못하면 벌 받고 잘하면 상 주고 그런 거. 따지려는 게 아니라 위원님 말씀처럼 저도 교육적 기회를 마련하고 싶습니다. 어떤 대책을 생각하시는지 좀 자세히 말씀해주시겠어요?"

"저도 따지려는 거 아닙니다. 음, 대책을 딱 내놓을 수 있다면 진작 그렇게 했겠지요. 다만, 여기는 학교잖아요.

교육을 하는 곳. 잘못하지 않도록 이끌어주는 곳. 잘못하더라도 바뀔 기회를 주는 곳. 잘못된 문화를 바로잡아가는 곳이요. 아직 사회에 나가기 전이니까 잘못했다고 범죄자처럼 격리시키는 게 아니라 서로 나아질 기회를 가지는 게 필요하지 않나 하는 생각입니다.”

“위원님. 학교도 조직이고 작은 사회입니다. 사회의 규칙을 어기면 범죄가 되는 거고요. 학교는 사회에 나가기 전 그런 루~ 울을 배우는 곳이죠.”

교사위원이 길게 고개까지 빼면서 비꼬듯이 답했다. 그가 작년에 맡은 아이 하나가 전학 가기 전까지 입에 담지 못할 욕설을 해댔던 기억이 떠올랐다.

광길은 영미에게서 눈을 떼지 않았다. 서로 나아질 기회라. 교육적 기회라면 상담이나 봉사를 말하는 걸 텐데, 서로 나아진다니…. 광길은 어쩌면 영미가 ‘오늘의 수호신’이 되어 줄지도 모르겠다고 생각했다. 가끔 그런 경우가 있다. 길이 보이지 않는 어떤 순간에 별 대수롭지 않은 말 한마디로 생각의 전환을 일으켜주는 사람. 광길은 그 사람을 오늘의 수호신이라고 부른다. 그런 수호신들은 딱 오늘, 딱 지금만 유효하다.

“위원님. 잘못된 문화라는 말씀은 어떤 걸 짚어서 말씀하신 건가요?"

광길이 의자를 끌어당겨 앉으며 물었다. 드륵, 갈급한 소리가 났다.

"세 번의 학교폭력이 모두 선후배 간의 위계질서 때문에 일어났잖아요. 예전에야 선후배 상하 서열이 엄격했지만 요즘 아이들은 그렇게 배우지 않아요. 그런데 어른들에게 물려받은 잘못된 서열문화를 후배들에게 강요하다 보니 문제가 되는 거 아닐까요?"

"서열이 나쁩니까?"

이번에는 영미가 광길의 얼굴을 빤히 바라봤다. 광길이 진지하다는 것을 확인하고 다시 말을 이었다.

"선생님. 서열이 좋은 건지 나쁜 건지 저는 잘 모르겠습니다만, 세상은 다르게 받아들이고 있는 거 같아요. 지금은 아무도 선배들에게 깍듯이 인사하라고 가르치지 않지요. 대학 신입생환영회에서 선후배 서열을 강요하다가 사고가 나기도 하면서 서열문화에 대한 비판의 목소리도 높아졌고요. 그런데 지금 중학생들끼리 선배님이라고 깍듯이 섬기라고 윽박지르고 있어요. 얼마 전까지만 해도 그냥 동네 형이었는데 말이죠. 이런 문제에 대한 정리와 교육이 필요하지 않을까요? 사실 저도 말씀드리면서 조금씩 생각이 정리되고 있어요. 이런 대화가 필요한 거 같아요. 우리 위원들이."

광길은 영미의 말을 들으며 문제는 다른 곳에 있는지도 모르겠다는 생각을 했다. 하지만 여기서 이런 방식으로는 어려울 것 같았다.

"네, 위원님 말씀이 맞네요. 혹시 더 생각하고 계신 게 있으면 말씀해주세요."

"이 문제에 대해 관련 학생들과 대화를 해보면 어떨까 하는 생각을 했습니다만."

"그러니까 우리가 문제의 핵심에 다가가지 못했듯이 그 학생들도 자신의 잘못이 무엇인지 정확히 알지 못한다고 생각하시는 건가요?"

"네. 어쩌면 피해 학생도 자신의 잘못이라고 생각할지도 모르고요."

광길은 주변을 둘러보며 말했다.

"다른 위원님들 의견은 어떠신가요? 저는 오늘 안건의 결정을 미루고 내일 다시 회의를 열 것을 제안합니다. 좀 더 대안을 강구해보고 싶습니다."

"아니, 선생님. 한번 모이기가…."

교감이 못마땅한 얼굴로 말했다. 다행히 학부모위원들

이 고개를 끄덕여주었다.

"그럼 내일 세 시에 다시 모이는 걸로 합시다. 함께 대안을 논의하실 분들은 자리에 남아주시면 감사하겠습니다."

광길의 말에 교사위원과 교감은 언짢은 내색을 감추지 않고 요란하게 일어섰다. 학부모위원들도 하나둘 광길을 향해 인사를 했다. 영미만 남았다.

그때 학부모 한 사람이 회의실로 들어섰다. 그는 바람에 머리카락이 뒤엉킨 채 마른입을 겨우 침으로 축이며 말했다.

"늦어서 죄송합니다. 저, 도언이 엄마예요."

도언은 세 명의 가해자 중 한 명이었다.

3.

교무실로 들어서자 교감 앞에 서 있던 가사 선생이 광길을 돌아봤다. 교감이 의자를 뒤로 젖히며 말했다.

"다음 주가 방학이야. 그전에 끝내… 야지?"

명령인지 질문인지 애매하게 말끝을 올렸다.

"네… 에?"

광길도 애매하게 말끝을 올리고 그들을 지나쳐 학생부실로 들어갔다. 학생부실이 교무실 안쪽에 있다는 건 학생들만 불편한 게 아니다. 광길은 내년에는 어떻게든 학생부실을 2층으로 옮겨야겠다고 마음먹었다. 학생부실 문이 닫히기 전에 교감이 소리쳤다.

"교장 선생님이 찾으셔."

광길은 다시 교무실을 통과해 교장실로 향했다. 뭐라고 해야 하나, 막막했다. 그도 길이 보여서 가는 것이 아니다. 이 길이 아니라고 판단되기 때문에 되돌아선 것뿐이다.

광길은 복도 창문을 내다봤다. 어느새 바람이 잦아들었다. 드디어 폭풍의 핵 안에 들어섰나 보다. 고요하다 못해 적막하기까지 하다. 고요라는 게 사전적인 의미로 연기가 똑바로 올라가고 물결이 잔잔한 상태를 말한다는데, 정말 흔들림 없이 평온한 상태가 오면 똑바로 곧게 나아갈 수 있을까. 그렇다면 지금은 고요 이전의 상태, 사람이 사는 흔적이었던 연기도 없고 윤슬도 없이 언제 무엇이 들이닥칠지 모르는, 아마도 적요의 시간이 아닐까.

갑자기 우당탕탕 소리가 났다. 적요는 무슨, 학교에서 찾아선 안 될 단어였다. 한 아이가 계단을 뛰어 내려오다 광길을 보더니 얼른 차렷 자세로 발걸음을 총총 줄였다.

"같이 가!"

계단 위에서 걸걸한 목소리가 들려오더니 또 다른 아이의 뛰는 소리가 났다. 그 아이도 광길을 발견하고 뛰던 걸음을 끽, 하고 멈췄다.

"곧 방학이라 이거지. 다칠까 봐 뛰지 말라는 거다."

광길은 두 아이를 번갈아 보며 눈을 흘겼다. 둘은 목을 움츠리긴 했지만 마주 보며 킬킬거렸다. 아이들은 수시로 뛰었다. 더구나 방학을 앞두고 있으니 들뜬 마음이 드는 건 면제의 이유로 충분했다. 무거웠던 마음이 조금 느슨해졌다. 아이들과 함께 생활하면 어떤 일이든 순식간에 아무것도 아니게 되어버린다. 학교생활의 가장 큰 이점이다.

"어머, 선생님. 마침 잘됐네요. 혹시 시간 있으세요?"

소란스러운 소리에 고개를 내밀었던 상담 선생이 반가운 표정으로 물었다.

"아, 에… 예, 시간 있습니다. 무슨 일 있나요?"

광길은 잠시 망설였지만 교장실 가는 걸 미루는 쪽으로 마음을 먹었다. 이번 사건과 관련한 이야기일지도 모른다는 생각이 들어서였다. 물론 그게 아니었어도 교장실로 가는 일은 최대한 미뤘을 것이다.

"잠시 면담 좀…. 일단 들어오세요."

상담 선생은 문을 활짝 열고 옆으로 비켜섰다. 광길은 조금 낯선 눈길로 상담실을 둘러보았다. 아이들과 수시로 만나던 장소지만 상담 선생과는 처음이다. 그동안 볼일이 있으면 상담 선생이 학생부실로 오곤 했다.

"제가 신경을 많이 못 써드려서 죄송합니다. 아이들을 맡기기만 하고…"

광길은 마치 상담을 받으러 온 학생처럼 목을 움츠렸다. 말하고 나서야 이번 학기에 새로 오신 상담 선생인데 너무 무심했다는 생각이 들었다. 학교는 처음이라는데 일 처리를 잘해서 놀란 기억도 같이 떠올랐다.

"아니에요. 제가 아이들에게 좀더 신경 썼어야 했는데, 그러질 못했어요. 이번 사건으로 충격이 크시죠?"

"아, 예."

상담 선생이라서 그런가, 누군가를 위로하는 일에 익숙한 것 같다. 자기도 모르게 마음이 울컥한 걸 느끼며 광길은 조금 당황했다.

"사실은 징후가 조금 있었어요. 미리 말씀드렸어야 했는데….."

"아, 그렇습니까? 어떤?"

"이미 선생님도 아실지 모르겠지만, 이번 사건이 말해주는 어떤 위계가 교실에도 생기고 있어요. 그동안은 그런 게 없었거든요. 우리 학교 아이들이 공부는 좀 못해도 굉장히 순수하고 순진한 구석이 있는데….."

"아니, 선생님, 우리 학교에 오신 게 처음이라고 하지 않으셨나요?"

"아, 예. 맞아요. 상담 교사로는 처음이지만 어릴 때부터

66

이곳에서 자랐고, 지금도 여기 살아요. 이 학교 출신은 아니지만."

"오, 그러셨군요."

"네. 친구들도 그렇고 친구의 동생들도 다 우리 학교 다녀서 분위기는 좀 알죠. 아, 그게 중요한 게 아니고, 이런 위계가 하나의 생태계로 자리잡기 전에 손을 써야 할 거 같습니다. 그래서 말인데요. 아이들에게 질문하는 법을 살짝 바꿔보면 어떨까 합니다."

"질문을요? 어떻게요?"

"그러니까 누가 언제 누구를 때렸는지가 아니라 좀더 넓은 의미에서 그동안 무슨 일이 있었는지를 물어보는 거죠. 흔히 열린 질문이라고 하는 거 말이에요. 닫힌 질문을 하면 아이들은 그 질문에 대한 답만 단답식으로 대답하게 되거든요. 아이가 하고 싶은 말을 자유롭게 하게 해야 광범위한 정보를 얻을 수 있잖아요."

광길은 멍해졌다. 자기도 모르게 입을 벌리고 상담 선생을 바라봤다.

"질문이 달라지면 대답도 달라지거든요. 우리에게 필요한, 그러니까 징계에 필요한 말이 아니라 아이가 손 내밀어 도움을 청하고 싶게 만드는 질문이 필요한 거 같아요."

그제야 광길은 정신을 차렸다. 어쩐 일로 오늘의 수호신이 연속으로 나타나는 걸까. 광길은 상담 선생의 손을 덥석 잡았다.

"선생님. 더, 계속 얘기해주세요."

상담 선생은 안도의 한숨을 내쉬며 활짝 웃었다. 그리고 광길의 손을 한번 맞잡고는 슬쩍 내려놓았다.

"어휴, 다행입니다. 괜한 오지랖이 아닌가 조심스러웠거든요."

"오지랖이라니요. 저 좀 도와주세요."

광길은 다시 상담 선생의 손을 잡고 흔들었다. 눈앞에 반짝 길이 보이는 듯했다. 순간 빛나고 금세 사라질 수도 있지만 길이 없지 않음을 안다는 건 중요한 일이다.

광길은 그날 교장의 호출을 무시했다. 새로 고민해야 할 내용이 파도처럼 밀려왔다. 생태계, 질문, 전환…. 그런데 시간이 너무 없다. 상담 선생이 당장 만나보라며 소개해준 대화모임 전문가에게 먼저 연락했다. 광길은 회의를 바로 내일로 미룬 것을 후회했다. 아무리 급하더라도 다음 주로 넘길 것을.

학교의 일정은 모두 너무 급하다. 조금 더 깊이 있게 생각하고 조금 더 주변을 살펴볼 수 있는 시간이 주어지면 좋겠다. 행여 다른 생각을 할까 봐 앞만 보고 달리게 하는 건지 모든 일들이 시급하다. 숨 쉴 틈이 없다는 하소연은 학생과 부모에게만 해당되는 게 아니다. 교사들도 그렇다. 마음이 이렇게 바쁜데, 안쪽으로부터 고요한 환락이 밀려 올라왔다.

제3장

나로부터 비롯될

1.

　폭우다. 쏟아지는 폭우는 비를 피할 의지마저 앗아간다. 순식간에 온몸으로 침투한 빗물은 옷을 적시고 마음을 적시고 영혼마저 적신다. 얼굴 위로 줄줄 흐르는 빗물은 차라리 고맙지만 찌걱거리는 구두 뒤축은 발걸음을 더욱 처지게 한다. 도로 위로 흐르는 빗물이 발목을 덮기 직전이다. 정화는 가던 길을 멈추고 소용돌이를 일으키며 하수구로 빠져나가는 빗물을 멍하니 바라보았다.

　어릴 때, 살던 집이 침수당한 적이 있다. 어른들과 열심히 물을 퍼냈지만 양동이나 바가지로는 쏟아지는 빗물을 감당할 수 없었다. 한 지역을 몽땅 침수시킨 기록적인 수해였다. 며칠 밤을 학교 강당에서 텐트를 치고 잤다. 부모님은 힘겨운 시간이었겠지만 정화는 아직 철이 덜 들어서 그런지 싫지만은 않았다. 옆집도 그랬고 친구도 그랬으니까. 이웃과 다 같이 밥 먹는 것도, 친구네 텐트에서 잘 수 있는 것도 정화에게는 추억이었다. 새 옷과 새 학용품을 받기도 했다. 지금은 새 옷도 이웃도 친구도 없다. 혼자 침수당하고 있다. 아무도 침수당하고 있는지 알아채지 못한 채로 혼자다. 정화는 아무도 몰라서 다행이라고 생각하면서 동시에 누구라도 함께이기를 바랐다.

집에 돌아온 정화는 샤워를 하고 침대에 누웠다. 이렇게 쉽게 개운해질 수 있다니. 너무 쉬운 안온함에 허탈해졌다. 마음도 세탁기에 돌려 탁탁 털어 널 수 있다면. 팔뚝에 두드러기가 올라왔다. 학교에서 처음 전화가 왔을 때 온몸에 두드러기가 났다. 뭘 잘못 먹었나 했는데 학교에서 오는 전화를 받을 때마다 두드러기가 생겼다. 이제는 특별한 일이 없을 때도 수시로 몸 여기저기에서 올라온다. 건드리면 더 심해지는 걸 알면서도 팔뚝을 찰싹찰싹 때렸다.

도언이 학교에서 장난이 지나치고 수업을 방해한다는 얘기를 들었을 때, 아직 어리니까 그러다 말겠지 했다. 담배를 피운다는 말을 들었을 때도 한창 어른 흉내 내고 싶은 나이니까 그럴 수 있지 했다. 친구를 때렸다는 말을 듣고는 뭔가 잘못되고 있다는 생각이 들었지만 상대가 어떻게 했기에 우리 도언이가 화를 이기지 못했나 하는 의아함이 먼저였다. 하지만 이번에는 달랐다. 작정하고 불러서 아이들 앞에서 본보기로 때렸다니, 조폭들이나 하는 짓 아닌가. 아무리 이해해주려고 해도 이건 아니다. 내 새끼가 맞나.

도언에게 심리치료라는 징계가 내려졌을 때 발끈했다. 우리 애가 정신적으로 문제가 있다는 거냐고 펄쩍 뛰었다. 부모도 받으라는 말에는 남부끄러워 살 수가 없었다. 그래도 어쩌겠는가, 자식 일인데. 남편에게도 말하지 않고 혼자 몰래 다녔다.

상담 선생은 담배를 피우는 게 특히 좋지 않은 징조라고 했다. 정화 눈앞에 손가락을 들이대고 하나씩 꼽으면서 다섯 가지 이유를 설명했다.

"학생이 담배를 피우는 순간 무너지는 것은 시간문제입니다. 첫째, 금기를 넘는 행위, 별것도 아닌데 못하게 한 거잖아, 생각합니다. 즉 약속과 규칙을 어기는 행위를 아무렇지 않게 하게 돼요. 둘째, 자신의 존재감을 좋지 못한 방식으로 드러내려는 심리가 자리잡게 됩니다. 셋째, 남의 눈을 속이면서 담배를 사잖아요. 바로 눈속임을 몸으로 익히게 됩니다. 넷째, 담배를 손에 넣기 위해 돈을 훔치게 됩니다. 또 다른 범죄를 저지르는 거지요. 다섯째, 어쩌면 이게 제일 문제일 수도 있어요. 흡연하는 아이들끼리 뭉치게 돼요. 뭉치는 게 왜 안 좋냐 하면 혼자서는 하지 못하던 일을 겁 없이 하게 되거든요. 하지만 어머니. 다른 아이들 탓하시면 안 됩니다. 그 아이들과 어울린 것은 바로 내 아이예요."

정화는 뭘 그렇게까지 말하나 싶었지만 입을 앙다물었다. 대꾸해봤자 길어지기만 했다. 보통 상담은 불안한 마음을 달래주고 위로해준다는데 왜 이 상담 선생은 후벼 파는 말만 하는 걸까.

"부모의 분별력, 그게 자녀 교육의 핵심입니다. 나도 그 나이 때 그랬지, 애들이 그럴 수도 있지 뭐, 그런 마음이 잘못을 바로잡을 기회를 놓치게 합니다. 감싸는 것만이 능사가 아니에요. 자신의 잘못을 직면하게 해주셔야 해요. 생각보다 아이들은 자신이 어떤 잘못을 저질렀는지 잘 몰라요. 직면하고 후회하고 반성하는 과정에 들어선 후에 아이를 감싸주고 응원하셔도 늦지 않아요."

정화는 알아들었다. 아이의 직면을 말하지만 실은 부모

가 직면하라는 말이다. 그래도 도언이는 착한 애야, 도언이를 몰라서 그래. 정화는 '그래도'를 붙잡고 있었다. 이제는 직면하지 않으려야 하지 않을 수가 없다. 잘못하면 강제전학을 당할 수도 있다. 학교폭력대책위원회에 가서 빌어야겠다. 오늘 아침에도 도언은 자기가 알아서 할 거라고, 올 필요 없다고 했지만 지금까지 도언은 아무것도 알아서 하지 못했다.

"물꼬를 트는 게 중요해요, 어머님. 물꼬가 하나 트이면, 다른 막힌 부분도 조금씩 물길이 생기게 되어 있어요. 용기를 가지세요. 어머님이 못하시면서 도언이에게만 변하라고 할 수는 없잖아요."

정말 얄밉도록 옳은 말이다. 귀에 콕 박힌 말들이 가슴에 박힐까 봐 조금 늦었지만 학교로 향했다. 어쨌든 상담이 효과를 본 건가.

"제가 여섯 살쯤 되었나. 옆집 친구가 집에 놀러왔어요. 부모님은 일하러 나가셨고 저희는 평소처럼 놀았죠. 배가 고프더라고요. 벽에 걸린 아버지 바지 주머니에서 돈을 꺼내서 밖으로 나갔죠. 맛있는 것을 실컷 사 먹고 집에 오자 불호령이 떨어졌어요. 아버지는 어린 게 벌써 도둑질이냐고 노발대발하셨죠. 뭔가 크게 잘못된 거 같아 가슴이 덜 커덩 내려앉았지만 아버지 주머니에서 꺼낸 돈이 왜 도둑 질인지 이해하지 못했어요. 그때 제 감정이 분명히 기억이 나요. 치사하고 억울한 느낌. 아버지도 필요할 때마다 거 기서 돈을 꺼냈는데 왜 나만 못하게 하나, 우리는 가족인 데. 이번 사건을 보면서 제 어릴 때 생각이 났어요."

비바람을 헤치고 학교에 도착했을 때, 이미 학교폭력대 책위원회 회의가 끝난 후였다. 광길과 영미가 정화를 맞 았다. 인사를 마친 영미가 뜬금없이 어릴 때 이야기를 꺼 냈다. 넓은 회의실 안에 덩그러니 세 사람만 남아 있는 상 황이 조금 황당했지만 물어볼 만한 분위기가 아니었다.

"아버지가 회초리를 들고 종아리를 올리라고 하셨어요. 아버지가 매를 든 건 그때가 처음이자 마지막이었던 것 같아요. 몇 대 맞을래? 물어보시는데, 그걸 왜 제게 묻는 건지 당황스러워서 울고만 있었어요. 아버지는 빨리 대라 고 회초리로 땅바닥을 치셨어요. 너무 적게 부르면 더 혼 날 거 같고 너무 많이 맞는 건 싫어서 다섯 대, 라고 대답 했어요. 맞으면서 후회했죠. 좀더 적게 부를걸. 정말 너무 아팠거든요. 어떻게든 덜 아팠으면 좋겠다는 마음이었지 잘못한 만큼 맞는 거라고 생각하지 않았어요. 방에서 이

불을 뒤집어쓰고 울고 있는데 언니가 와서 많이 아프지, 위로하는 거예요. 너무 수치스러웠어요. 도둑질한 게 아니라 맞은 게요. 아버지가 원망스러웠어요."

"중요한 지점이네요."

팔짱을 낀 채 듣고 있던 광길이 의미심장하게 고개를 끄덕였다. 정화는 어리둥절했다. 훔치기는 했지만 도둑질은 아니라고 하고, 맞으면서도 잘못을 뉘우치지 않았다는데 뭐가 중요한 지점이란 말인가. 자기가 있을 자리가 아닌가 보다 생각하는 순간 광길이 정화에게 말했다.

"도언 어머님. 방금 회의에서 징계하기 전에 관련자들과 깊이 있게 이야기를 나누어보자는 의견이 나왔습니다. 회의는 내일 다시 할 거고요. 저는 이것이 좋은 대책이 될 수 있을 것 같습니다. 어떠신지요?"

정화는 여전히 사방이 꽉 막힌 벽이구나 싶었다. 도대체 어디서 물꼬를 트라는 말이냐고 상담 선생에게 뛰어가 따지고 싶었다.

"네. 뭐라도 하려고 왔어요…."

마음과는 상관없는 말이 나왔다.

"감사합니다. 도언 어머님이 함께해주시면 큰 힘이 될 거 같습니다."

광길의 말에 영미가 책상 위로 팔을 쭉 뻗어 정화의 손을 잡았다. 영미의 손을 내려다보며 앞으로 이 사람만 피하자, 생각했다.

휴대폰을 열어 시간을 확인했다. 저녁 7시가 넘었다. 도언은 아직까지 연락도 없이 들어오지 않고 있다. 한숨이 나왔다. 벽에 다리를 올렸다. 팔뚝에서 시작된 두드러기가 종아리까지 번졌다. 벽의 한기가 다리를 조금 시원하게 해주는 듯하다가 한기가 식으면 다시 가려워졌다. 다리를 옆으로 조금 옮겼다. 그렇게 옆으로 옆으로 움직이다 보면 가로로 누워지고 다시 반대로 누워졌다. 이불깃으로 살살 긁다가 결국 일어나 앉아 벅벅 긁었다.

정화는 거실로 나왔다. 도언도 그랬을까? 영미처럼 혼나는 게 억울했을까? 잘못을 뉘우치기보다 피하고만 싶었을까? 정화는 학교 상담을 갔다 와도 도언에게 아무 말 하지 않았다. 자신이 아니어도 이미 충분히 혼났을 거라고 생각했다. 하지만 잘못이 무엇인지는 충분히 몰랐을 수 있다. 정화는 도언을 위해 모른 척해 주었다고 생각했다. 그런데 어쩌면 자신이 아이의 잘못을 직면하고 싶지 않았는지도 몰랐다. 자신이 외면했듯이 도언도 외면했다면…. 정화는 베란다 문을 활짝 열었다. 아직도 비가 쏟아지고 있다. 바람을 타고 빗물이 날렸다. 시원했다. 두드러기로 부어오른 눈두덩이 조금씩 가라앉는 듯했다.

2.

- 어머님. 이번 일을 듣고 어떤 마음이 드셨어요?

- 속상했죠. 아니, 믿을 수가 없었죠. 그동안 실수로 그랬나 보다, 아니면 뭔가 엄청 화나는 일이 있었나 했는데…. 사실 지금도 믿어지지 않아요. 믿고 싶지가 않아요.

- 그 일로 어머님에게 어떤 영향이 있었나요?

- 잘못 산 거 같아서 괴로워요. 엄마로서 실격인 것 같고. 내가 아이에게 뭘 잘못했을까, 아주 어릴 때 일들까지 다 떠올려보고 그때 이렇게 했어야 하나 저렇게 했어야 하나 수시로 되새김질하게 돼요. 그때 내가 화를 냈던 게, 소리를 질렀던 게 삐뚤어진 마음을 먹게 했나, 아니면 하고 싶다던 운동이나 음악을 못하게 한 게 문제였나…. 원

래 운동도 좋아하고 음악도 좋아하고 그랬는데 우선 공부하라고 했거든요. 이사하지 말고 살던 데서 살았어야 했나, 혹시 적응하지 못해서 힘들었나 싶기도 하고. 전학이 아이에게 큰 스트레스라고 하잖아요. 아, 모르겠어요. 그런 거 말고도 자극적인 음식을 많이 먹였나, 태교를 잘못했나 등등 살아온 모든 과정을 되짚어보며 후회하고 있어요. 고개를 들 수가 없어요. 아무도 만나고 싶지 않고, 길 가는 사람들이 모두 내가 잘못 키운 탓이라고 손가락질하는 것 같아요. 그래도 없던 일만 될 수 있다면 얼마든지 손가락질 당할 수 있어요. 다 꿈이었으면…. 흑흑.

— 괜찮으시면, 계속해도 될까요?

— 네….

— 이번 일로 어머님 말고 또 누가 어떤 영향을 받았을까요?

— 아무래도 맞은 아이가 가장 큰 영향을 받았겠죠. 아까 그 애가 하는 말 들어보니 아직도 두려움이 있는 거 같아서 그게 제일 미안해요. 맞는 사람이 느끼는 무력감, 자신이 쓸모없어지는 거 같은 그런 기분을 빨리 떨칠 수 있으면 좋겠어요. 그리고 그 부모님도 엄청 속상하실 거 같아요. 눈에 넣어도 안 아플 새끼가 밖에서 맞고 돌아왔으

니 얼마나 열이 뻗치실까요. 그래도 저처럼 자책하지는 않으셨으면 좋겠어요. 제가 아무리 속상하다고 해도 맞은 애의 부모 심정을 생각하면… 정말 죄송해요. 때린 놈은 다리를 못 뻗고 자도 맞은 놈은 뻗고 잔다는 말, 부모에게는 해당되지 않아요. 무엇보다 우리 애가 잘못을 빌어야겠지요. 애 아빠도 일이 손에 안 잡힌다고 해요. 기운이 다 빠졌어요. 애들 잘 크는 거 보는 맛에 돈 벌러 나가는 건데, 이런 일이 있으니 힘이 나겠어요? 내 새끼 잘못 키운 탓이니까 할 말이 없지만요.

– 더 생각나는 게 있으면 계속 말씀해주세요.

– 학교 선생님들도 저희 때문에 이렇게 너무 고생이시고. 안 그래도 일이 많은데 안 해도 될 일까지 하면서 애쓰시는 거 보면, 죄송하죠. 학생들한테도 미안하구요. 아무래도 어수선할 테고 선생님이 애들한테 쏟아야 할 에너지를 여기 다 쓰고 있으니까요. 아, 그때 중1 아이들도 있었다고 들었는데 얼마나 겁이 났을까. 저도 다시 떠올리기 싫은데 그 아이들은 더하겠지요. 내가 왜 불려갔나, 맞았다면 어땠을까, 하는 생각이 자꾸 들겠지요. 맞은 아이들에게 괜히 미안한 마음도 들 거고. 그런 생각하지 말고 그냥 잊어주면 좋겠어요. 휴, 말이 쉽지 잊는 게 어디

그리 쉽겠어요? 그 아이들에게도 미안합니다.

　- 그런 피해가 회복되려면 어떤 것이 가장 필요할까요?

　- 아휴, 그거야 제 아들이 정신 차리는 게 제일 중요하겠죠. 사람을 건드리면 안 된다는 걸, 꽃으로도 때리지 말라고 하는데, 그걸 딱 알아먹었으면 좋겠어요. 그걸 어떻게 알게 하면 좋을까요? 제가 맞으면서 어떤 기분인지 말해주면 알까요? 얼마나 수치스럽고 모멸감을 느끼는지. 때리는 사람도 마찬가지죠. 다른 누군가를 짓밟는 순간 오히려 자신의 인간성이 피폐해지는 건데, 왜 그걸 우리 도언이가 모를까요? 도언이가 그걸 알지 못하면, 피해 회복이라는 거, 한 걸음도 못 나가는 거겠지요. 음… 그렇게 물어보시니 더 확실히 알겠네요. 도언이가 자기 잘못을 분명히 아는 게 제일 중요하네요.

　- 다시 이런 일이 일어난다면, 어머님은 어떤 노력을 하시겠어요?

　- 아, 상상도 하기 싫어요. 또다시 이런 일이 일어나다니, 정말 싫어요. 분명한 건, 별일 아니겠지 대충 외면하지는 않을 겁니다. 무슨 일이 있었는지 정확히 보고 아이에게도 두 눈 뜨고 보게 할 겁니다. 사실 그동안 그럴 리가 없다고 믿었어요. 오늘도 여기 오면서 현실을 부정하고

싶어서 올까 말까 망설였어요. 어떻게든 외면하고 싶어서요. 근데 여기 앉아 보니까 외면하는 것, 그게 제 잘못이었네요. 네, 그런 거였네요.

- 저희가 어떤 도움을 드리면 좋을까요?

- 지금 이 시간, 이미 저는 정말 필요한 도움을 받고 있다고 느껴져요. 솔직하게 말할 수 있게 해주셔서 감사합니다. 그동안 혼자 잠 설치면서 많은 생각을 했지만, 지금처럼 명확하게 제 마음을 들여다보지 못했어요. 용기가 없었죠. 계속해서 이런 용기를 주셨으면 좋겠어요. 혹시 애한테 해가 될까 봐 조심했는데, 그게 더 애한테 해가 되는 일이라는 걸 몰랐어요. 우리 애가 인간답게 살 수 있도록 우리 애를 포기하지 말아 주세요. 자기 잘못을 지금 인정하지 못하면 인간 못 돼요. 그걸 알겠어요. 저도 이제야 인간답게 사는 법을 깨친 거 같아요. 감사합니다.

- 지금 가장 바라는 것이 있다면 어떤 걸까요?

- 바라는 거…. 면목 없이 뭘 바라겠어요, 제가. 현실성이 없는 거라도 괜찮다고요? 도언이가 좀더 어렸을 때로 돌아갈 수 있다면 좋겠어요. 처음 도언이가 이상하다고 느껴졌던 그날로 돌아가 외면하지 않고 직면하게 하고 싶어요. 저도 그때로 돌아가 잘못을 잘못이라고 말하는 엄

마가 되었으면 좋겠어요. 음…. 네, 제가 뭘 잘못했는지 명확히 알겠어요. 지금까지 저는 도언이가 스스로 잘못을 반성하기만을 바란 거 같아요. 엄마로서 잘못한 건 반성하지 않고요. 아니, 뭘 잘못했는지 제대로 몰랐던 거죠. 아이를 믿어주는 것과 아닌 것을 아니라고 말하는 건 다른 건데, 그런 분별력이 없었던 게 제 잘못이에요. 다시 돌아간다면 분별력이 있는 진짜 좋은 엄마가 되고 싶어요. 돌아갈 수는 없지만 지금이라도 아이가 자신의 잘못을 바라볼 수 있도록 도와주고 싶어요. 사실 여기 오면서는 징계가 제일 걱정이었어요. 졸업은 해야 하니까요. 근데 그것보다 더 중요한 게 여기서 멈출 수 있느냐 하는 거였어요. 멈추지 못한다면 징계나 졸업이 뭐가 중요하겠어요. 도언이가 멈출 수만 있다면 뭐든지 하겠어요. 아니, 도언이보다 제가 먼저 변해야 한다는 걸 알겠어요. 그래요. 제가 진짜 바라는 건 지금부터라도 제가 변하는 거예요. 제가 변하면 저를 둘러싼 모든 것이 변하고 도언이도 변하겠지요. 아니, 도언이가 변하는 것도 도언이의 몫이고 저는 어쨌든 제가 변하는 걸 해내야 해요.

　　– 지금 어떤 느낌이 드시나요?

　　– 휴, 시원하네요. 마음이 무거우면서도 오히려 편해요.

감사합니다. 참 이상하네요. 우리 애가 잘못한 걸 반성하는 마음이 있다가도 학교에만 오면 우리 애를 막 변호하느라 정신없거든요. 우리 애만 벌주려고 벼르는 것 같아서. 우리 애를 변호할 사람은 나밖에 없다는 마음으로 막 아니라고만 하고, 우리 애도 이유가 있다고 하고, 무슨 말을 물어도 방어할 생각밖에 없었어요. 그런데 왜 갑자기 이렇게 솔직해지는 걸까요. 이래도 되나 싶어요. 근데 솔직해지니까, 제 마음을 이제 알 거 같아요. 뭘 해야 할지 분명해져요.

3.

　잘한 일일까? 집에 돌아온 정화는 자신이 한 대답을 수 없이 복기하고 되물었다. 혹시라도 자신이 한 말이 아이 징계 수위에 영향을 미칠까 걱정이 되었다. 징계보다 더 중요한 것이 있다고 스스로 말했고, 징계와는 별도로 이루어지는 거라고 선생도 말했지만 슬그머니 다시 징계를 염려하는 자신이 한심스러웠다. 정화는 고개를 저어 그 생각을 떨쳐내려고 애썼다. 꼭 필요한 일이었다. 자신에게나 도언에게나.

　정화는 이번에도 조금 늦게 학교에 갔다. 수업 중인지 건물 여기저기서 마이크 소리가 요란했다. 요새는 저렇게 마이크를 쓰는구나, 멍하니 건물을 쳐다보다 영미에게 문자를 했다. 그날, 회의실에서 헤어질 때 영미는 마치 이런 일이 있을 줄 안 것처럼 정화의 휴대폰에 자신의 연락처를 저장해주었다. 문자 보낸 지 10초도 채 되지 않은 것 같은데 영미가 현관 앞에 나타났다. 그는 두 팔 벌려 정화를 반기고는 손목을 잡고 어딘가로 이끌었다. 현관 바로 옆 학부모회실이었다.

문을 열자 입구에 광길과 몇몇 아이들이 옹기종기 앉아 있었다. 광길이 고개를 숙여 인사했다. 영미는 광길 옆에 정화를 앉히고 그 옆에 앉았다.

"학생부장 쌤이 저 분을 모셔왔어요. 무슨 전문가라고 했는데 암튼 진행자래요."

영미가 정화 귀에 대고 소곤거렸다.

교실 가운데 광길이 모셔왔다는 진행자와 학생이 마주 앉아 이야기를 나누고 있었다. 뒤에 앉은 아이들은 고개를 숙이고 있었지만 앞에 앉은 두 사람의 말에 귀 기울이고 있다는 게 느껴졌다. 한쪽 구석에 도언이 보였다. 어찌나 어깨를 움츠리고 있는지 머리통만 겨우 보였지만 정화 눈에는 제일 먼저 띄었다.

잠시 후 진행자가 자신을 불렀을 때 정화는 망설였다. 듣고 있을 때는 아이들이라 역시 순수하구나, 주변의 눈

을 신경 쓰지 않고 자기 마음을 터놓는구나, 부럽기까지
했다. 그런데 막상 기회가 주어지자, 자신은 그럴 수 있을
것 같지 않았다. 진행자는 원치 않으면 하지 않아도 된다
고 했다. 광길과 영미를 차례로 돌아보았다. 뜻대로 하라
고 하지만 간절히 해주기를 바라는 표정이었다. 정화는
무거운 몸을 움직여 의자에 앉았다.

　진행자는 다른 거 신경 쓰지 말고 최대한 자신의 질문
에 집중해달라고 부탁했다. 머릿속이 이렇게 복잡한데 과
연 그게 가능할까 의심스러웠다. 막상 시작되니 주변은
그대로 잊히고 자신도 몰랐던 마음속 이야기가 절로 나왔
다. 상담하던 때와는 달랐고, 남편과 얘기하던 때와도 달
랐다. 무엇이 자신을 그토록 진솔하게 만드는 건지 알 수
가 없었다. 질문을 따라가다 보니 생각지도 않은 답변을
하게 되었고, 자신이 한 답변이 머릿속을 환하게 밝혀주
었다.

　진행자는 안전하다는 말로 시작했다. 어떤 말을 해도
괜찮다고, 학교의 징계와는 아무런 상관이 없으니 편하게
말해도 된다고 했다. 처음에는 안전하다는 말의 뜻을 이
해하지 못했다. 그런데 징계 여부와 전혀 상관없다는 말
이 안전하게 여겨지면서 마음이 무장해제되었다. 사실상

학교는 안전하지 않다. 피해자에게는 말할 것도 없고 가해자에게도 마찬가지다. 미안하다는 말을 함부로 했다간 죄를 옴팡 뒤집어쓸 수 있다. 되도록 마음을 들키면 안 된다. 하긴 죄를 안 지으면 되지, 정화는 머리를 흔들었다.

도언이 방에서 빛이 새어 나왔다. 예전 같으면 도언이 후회로 잠 못 들고 있다고 믿었을 것이다. 정화가 잘못 산 거 같다고 말하는 순간 도언이 등이 딱딱하게 굳어졌다고 영미가 전해줬다. 도언은 무슨 생각을 했을까? 요즘 도언은 정화와 얼굴을 마주치지 않았다. 일찍 나가서 늦게 들어왔고 현관 옆 자기 방으로 들어가 나오지 않았다. 정화도 애써 도언을 불러내지 않았다. 도언이 무슨 생각을 하든 지금 정화에게 필요한 건 자신이 한 말을 그대로 지키는 일이다.

그래. 잘한 일이다. 백번 잘한 일이다. 여기서 우리는 물꼬를 트든 뭐든 다 해야 한다. 정화는 도언의 방문 앞에 섰다. 방문을 향해 절을 했다. 자꾸 절을 했다. 기도보다 간절하게 몸을 바닥에 던졌다.

도언은 출석 정지 3일과 교실 변경 징계를 받았다. 담담하게 징계 결과를 받아들였다. 도언 스스로 상담을 받고 싶다고 해서 상담교육까지 추가되었다.

정화가 작정한 것은 도언도 도언이지만 동생 도희 때문이었다. 6학년인 도희는 내년에 중학교 가는 게 싫다는 소리를 자꾸 했다. 한창 중학생이 될 것을 기대해야 할 나이에 왜 그럴까 이상했지만 별생각 없이 넘겼다.

어느 날, 멸치를 다듬고 있는데 도희가 옆에 와서 앉았다. 같이 멸치를 다듬는 듯하더니 한숨을 푹 쉬었다.

"우리 딸, 무슨 일 있어? 한숨이 깊으시네."

정화는 딸의 한숨이 귀여웠다. 도희는 자주 친구들과 툭탁거렸다. 이번에는 누가 삐졌고 저번에는 누가 토라졌다며 엄마에게 조잘조잘 전했다. 그러다가 금세 또 화해하고 꺄르륵 웃어댔다. 그 나이에는 친구가 가장 큰 근심이자 즐거움이니까 이번에도 당연히 그런 건 줄 알았다.

"엄마?"

"응, 그래. 말해 봐."

"있잖아, 중학교 가면 언니들한테 언니라고 하면 안 되는 거 알아?"

"응? 왜?"

"선배님, 이라고 해야 하고, 네, 알겠습니다, 이렇게 존댓말을 해야 한대."

정화는 가슴이 덜컥 내려앉았다. 그래도 엄마가 너무 놀란 표정을 지으면 뭔가 잘못 말한 줄 알고 입을 닫을까 봐 애써 마음을 진정시켰다.

"누가 그래?"

"승현이가. 걔네 언니 중3이거든."

"그렇구나. 너무 싫겠다."

"응, 난 그런 말이 좀 무서워."

"도희야. 엄마는 중2 때 중3 언니랑 매일 편지를 주고받은 적이 있어."

"편지? 흐흥."

도희는 세대 차가 난다고 코웃음을 쳤다.

"너희로 치면 매일 문자를 주고받은 거지. 선배랑 하는 편지는 친구랑 좀 달라. 뭔가 내가 훨씬 성숙하게 느껴지거든. 왜, 친구는 좀 유치하기도 하잖아."

"맞아. 그런 거 있어. 나도 해보고 싶다."

"그때 우리는 마치 어른이 된 거 같았어. 서로 이름을 불렀는데 이름을 다 부르는 게 아니고, 정, 낙엽이 붉어지네. 정, 낙엽처럼 내 마음도 붉어지네, 이랬지."

"아, 그게 뭐야아아아."

도희는 다듬던 멸치를 내던지고 오글거린다면서 온몸

을 꼬아댔다.

"엄마는 정, 그 선배는 현, 이었어. 그 선배 이름이 정현이었거든. 둘 다 정이 될 수는 없잖아."

"너무 이상해, 그런 건. 완전 느끼해."

"근데 우린 그때 굉장히 진지했어. 나이와 상관없이 마음이 통하는 영혼의 단짝을 만난 기분이었거든."

"맞아. 나도 5학년 때 그랬잖아. 진희, 걔 4학년이었는데도 나랑 진짜 마음이 맞았잖아."

"그래, 그랬지. 진희네가 이사만 안 했어도 우리 도희랑 그렇게 진, 하면서 마음을 나눌 수 있었을 텐데."

"아, 그건 너무 싫어. 그럼 나는 도, 야?"

"도, 는 좀 그렇잖아. 너는 희, 를 하면 되지. 희, 좋다. 희야, 라는 노래 알아? 세상의 수많은 희들이 다 자기를 부른다고 난리가 났었잖아."

"아, 그 노래 나도 알아. 근데 아무튼 이상해. 안 할 거야."

도희는 다시 멸치를 집으며 말했다. 도희는 그렇게 중학교에 대한 기대감을 가지는 듯 보였다. 하지만 며칠 후에 다시 이런 말을 했다.

"엄마, 친구들이 자꾸 5학년 애들 싸가지가 없다고 언제 한번 버릇을 고쳐주자고 하는데, 뭐가 싸가지 없다는 건지 난 잘 모르겠어."

정화는 보고 있던 거울이 깨지는 듯했다. 뭔가 잘못되어가고 있다. 이것은 도희의 문제만이 아니다. 하지만 도희에게 가장 먼저 파도가 덮칠지도 모른다. 어쩌면 도희는 지금 구조 요청을 하는 건지도 모른다. 도언이도 정화가 미처 알아채지 못한 어느 순간 자신에게 구조 요청을 했을 수 있다. 그때는 몰라서 도와주지 못했지만 이번에는 절대 놓치지 않으리라.

정화는 영미를 찾아갔다. 이상한 사람이긴 하지만 그 사람이라면 뭔가 방법을 찾아줄 거 같았다.

제4장

경계 너머

1.

맹렬한 여름이 시작되었다. 보이는 곳에서도 보이지 않는 곳에서도 여름은 소란스러웠다. 모든 걸 앗아갈 듯한 태풍이 두어 번 지나갔다. 사람들은 일 년에 단 한 번 있는 휴가를 즐기러 국토를 횡으로 종으로 가로질렀다. 방학을 한 아이들은 휴가와 상관없이 우르르 무리 지어 다녔다. 피시방으로 몰려가 게임에 머리를 박다가 라면에 머리를 박았고, 운동장으로 몰려가 공을 차다가 던지다가 쳐냈다. 쨍한 햇볕이 무색하게 뛰고 오르고 누볐다. 요란하게 목울대를 울리고 불룩하게 키웠다. 현우는 피시방과 운동장을 잠깐씩 오가더니 제 방에 처박혔다. 베란다에는 율마가 가지를 후두둑 떨어뜨렸다. 떨어진 가지들을 아무

화분에 꽂아두었더니 절로 삽목이 되었다.

영미는 여름방학 내내 교육을 받으러 다녔다. 광길이 모셔온 진행자가 소개해준 교육이었다. 정화가 함께했다. 광길도 교육청에서 그 연수를 신청했다고 들었다. 상담 선생이 함께한다는 말에 정화가 목을 움찔했다.

정화가 찾아온 날 영미는 깜짝 놀랐다. 대화모임에서 봤던, 슬프고 비통한 모습이 없어졌다. 다른 사람 같았다. 학교가 아니라는 점 그리고 사건이 마무리된 후라는 점을 감안하더라도 뭔가 명료해졌달까. 사람이 이렇게 변하기도 하는구나 싶었다.

영미가 교육을 받아보자고 했을 때 정화는 뜨악한 표정을 지었다. 그것도 잠시, 두말 않고 따라와 제일 첫 줄에 앉았다. 특히 가상 시나리오로 대화모임을 할 때는 어떤 역할에도 잘 몰입해서 그 인물이 했음직한 말을 찾아냈다. 한번은 한 참가자가 문제를 제기했다. 아이의 폭력으로 이웃이 피해를 봤고 아이가 입힌 피해를 복구할 수 있도록 다른 이웃들이 돕는 상황이었다. 그는 아이의 잘못인데 왜 다른 이웃들이 도와줘야 하냐고, 그건 너무 작위적이고 아이의 문제를 떠안아주는 것 같다고 투덜거렸다.

"맞아요. 그건 아이의 문제죠. 아이가 잘못을 직면하고 깨닫지 않으면 안 돼요. 근데요, 내가 아이의 마음을 바꿀 수는 없잖아요. 그 누구도 다른 사람의 마음을 바꿀 수는 없어요. 내 아이일지라도. 내가 할 수 있는 일은 내가 바뀌고 아이의 환경을 바꾸는 거, 그로 인해 아이가 변하기를 기도하는 거, 그거밖에 없어요. 여기 이웃들도 그런 거 아닐까요?"

정화는 도언의 엄마로서 자신이 바뀌고 도언의 환경을 바꾸는 것, 자신이 할 수 있는 그 첫 번째 일을 성실히 해냈다. 그래서 영미는 도언이 어떤지 묻지 않았다. 정화의 변화만으로 충분히 짐작할 수 있었다. 설사 도언이 아직 그렇지 못하더라도 천천히, 조금 늦더라도 좋아지리라 믿었다.

"근데요, 학부모회장이 높아요? 운영위원이 더 높아요?"

강의가 시작되기 바로 전에 정화가 목소리를 한껏 낮추며 물었다.

"이게 무슨 사자가 더 세, 호랑이가 더 세, 같은 소린가요? 아이들 서열만으로도 머리가 아픈데?"

"저도 정말 싫어하는 일이긴 한데요, 저기 저분이 우리 학교 운영위원이래요. 두 분 소개해 드리려고 하는데, 아무래도 낮은 쪽에서 먼저 인사를 해야 할 것 같아서. 이런 걸 의전이라고 하던가요? 호호."

영미가 기겁하며 얼굴을 찡그렸다. 고개를 돌려 정화가 가리키는 곳을 보니 영미도 아는 얼굴, 바로 학교폭력대 책위원 중 한 명이었다. 아, 유난히 입을 꾹 다물고 있던 그분이 운영위원이었구나. 영미는 머리가 복잡해졌다. 그 동안 자신 때문에 매번 회의가 늦어진다고 투덜거리던 학 교폭력대책위원회 분위기가 떠올랐다. 모르긴 몰라도 저 위원도 불만을 가졌을 것이다. 그런데 어떻게 여기 있는 거지? 이름이 뭐더라? 분명 명패에 쓰여 있었는데. 가물 가물했다. 영미가 기억을 짜내려고 애를 쓰는 사이 강의 가 시작되었다.

"가해자가 잘못을 직면하면 처벌하지 않는 것으로 오해 하는 경우가 있는데, 절대 그렇지 않습니다. 직면이란 자 신의 잘못을 온전히 받아들이는 것이기 때문에 오히려 자 신에게 주어진 처벌을 적극적으로 수용하고 달게 받을 수 있게 됩니다. 직면하지 못한 상태로 처벌을 받으면 자기 방어만 하게 되고 피해자보다 오히려 더 억울해하는 경우 도 많습니다. 또한 잘못을 직면하고 용서를 구한다고 해 도 잘못에 대한 죗값은 반드시 치르게 하는 것이 피해 회복의 첫걸음입니다. 다만 그 처벌이 회복과 무관한 것이 아니기를 바라는 것이지요."

강사는 일반적인 처벌과 피해 회복이 되는 처벌의 차이를 좀더 자세히 설명하고 모둠별로 토론을 하게 했다. 잠시 쉬는 시간에 누군가 영미의 어깨를 톡톡 쳤다.

"안녕하세요? 저 기억하세요?"

아까 그 학교폭력대책위원이었다. 영미는 자신이 먼저 인사를 할 기회를 놓쳐서 마구 허둥댔다.

"아, 예. 그럼요. 김지호님이시죠? 반가워요."

영미는 순간 놀랐다. 지금까지 기억나지 않던 이름이 당사자를 앞에 두고 바로 떠오르다니.

"두 분이 서로 아신다면서요? 학부모회장과 운영위원인데 이제야 인사를 하다니, 좀 그렇네요. 하하."

정화가 옆에서 부산을 떨며 같이 인사를 나눴다.

"담임 선생님 강권으로 운영위원을 맡게 된 거라, 아무 것도 몰라요. 학교폭력대책위원도 운영위원 중 한 명이 들어가야 한다기에…. 제일 늦게 찜하는 사람이 제일 어려운 것을 맡게 된 거죠, 뭐. 학교폭력대책위원회에서 영미님이 말씀하실 때마다 어찌나 몸이 오그라들던지. 뭐라도 공부해야겠다 싶어 오게 되었어요."

"아이고, 우리 다 같은 처지군요. 저도 마찬가지예요. 멋모르고 맡았다가 된통 당한 거죠."

영미는 지호에게서 동병상련을 느꼈다. 아마 그도 힘든 시간을 보냈으리라. 아이를 맡긴 입장에서 학교의 요구를 거절하지 못했을 것이고, 위원이라는 거창한 이름을 달고 있지만 실제로는 들러리 그 이상도 이하도 아니었을 것이다.

"강의가 좀 어떤가요? 도움이 되세요?"

"아직, 뭐가 뭔지 모르겠습니다. 어떠세요?"

"저도 그러네요. 아는 게 없어서 물어볼 수도 없는 상태예요. 차차 나아지겠죠."

정화가 어느새 옆자리를 마련해서 지호에게 자리를 옮기라고 권했다. 지호는 선선히 짐을 챙겨 정화 옆에 앉았다.

영미는 갑자기 의문이 쏟아졌다. 도대체 운영위원은 뭐고 학부모회장은 뭘까? 왜 학교 운영에 학부모 자리를 만들었을까? 어느 만큼의 권한과 역할이 주어지는 걸까? 교사라는 전문가가 있는 학교에서 학부모는 어떤 위치를 차지하며 얼마만큼 개입할 수 있는 걸까? 교사는 학부모와 소통할 의지가 있는 걸까? 무엇보다, 10년 가까이 학부모로 살면서 왜 이런 것들이 한 번도 궁금하지 않았을까?

영미는 그게 가장 의아했다.

임시총회를 열까? 언뜻 그런 생각이 들었다. 나만 모르는 게 아니고 다른 학부모들도 모르지 않을까? 모르면 이제라도 알아가야 하지 않을까? 몰라도 괜찮다고 생각했지만 사실은 괜찮지 않다는 것을 다 같이 확인해야 하지 않을까? 처음부터 차근차근 알아가야 하지 않을까?

부모가 되고서 한 아이의 엄마라는 사실이 감격스러우면서도 혼란스러웠다. 부모로서 너무나 준비가 덜 되었다는 걸 알고 허겁지겁 육아서적들을 섭렵했다. 아이가 세상에 나오던 순간, 처음 발을 떼던 순간, 종일 이게 뭐야 묻던 순간, 학교에 입학하던 순간⋯. 그런 특별한 순간마다 마음속에 질문이 맴돌았다. 아주 근본적인 질문이었다. 부모의 역할은 무엇일까? 한 존재가 또 다른 존재를 온전하게 살아가게 해준다는 것은 어떤 의미일까? 하지만 닥친 일들을 처리하느라 질문은 항상 뒷전이었다. 이제 질문조차 하지 않고 산다. 질문이 생기는 것을 스스로 막아버려서 제대로 질문의 형태를 가지지도 못했다. 당연히 제대로 된 답도 얻지 못했다.

그럼에도 스스로 괜찮은 부모라고 생각했다. 육아서적에서 배운 걸 나름 실천하고 있었고 아이도 잘 따라주었다. 지금까지 학교나 교육청에서 받은 안내문에도 가정에서 아이를 잘 돌보고 학교 교육을 잘 따르는 것이 학부모의 역할이라고 나와 있다. 그러고 보니 부모와 학부모가 어떻게 다른 건지도 모르겠다. '학'부모. 학교 안에서의 부모 역할인가? 아니면 학교나 교육이라는 범주에서 사회인의 책무를 말하는 걸까? 그 어느 쪽도 고민해본 적이 없다. 한 아이의 부모로서 더 나아지려는 노력은 해왔지만 더 나은 학부모가 되려고 한 적은 없다. 이제 와서, 학부모로 살아갈 날들이 얼마 남지도 않았는데 굳이 알아야 하나? 아니, 분명 자신의 위치를 정확히 알고 산 자와 모르고 산 자는 다르다. 그렇다면 이제라도 학부모답게 사는 법을 배워야 하지 않을까? 이왕이면 학교라는 사회를 통해 배우는 거다. 학교는 배우는 곳이니까.

학부모회실을 개방하기 시작했다. 방학이라 아무도 오는 사람이 없지만 영미는 교육받는 날 외에는 꼬박 학부모회실을 지켰다. 학부모 밴드도 만들어서 부지런히 글을 올렸다. 학교 구석구석을 동영상으로 찍어 올리기도 하고 비 오는 날 구령대 위에서 비명을 하는 모습도 올렸다. 정화는 밴드에 사람들을 초대하느라 바빴다. 어디서 그렇게 연락처를 구해오는지 신기했다. 하지만 밴드 회원이 늘어가는 속도는 답답할 만큼 더뎠다. 지호는 남편과 편의점을 운영하느라 자주 오지는 못했다. 교대할 때마다 두 사람에게 달려왔지만 편의점에서도 수시로 좋아요를 눌러밴드에 사람이 있음을 알렸다.

"우리, 초등학교에 가 볼까요?"

매미 소리가 징그럽게 커지던 날, 정화가 매미 소리를 이겨보겠다는 듯 큰 소리로 말했다. 영미는 읽던 책에서 눈을 떼고 물었다.

"왜요? 도희한테 무슨 일 있어요?"

"아뇨. 그런 게 아니라, 중학교에 대해 그렇게 흉흉한 소문이 돈다네요. 엄마들이 걱정이 태산이라고 해요. 특히 6학년 엄마들이."

"무슨 소문이래요?"

"도희 친구 엄마 말이, 초등학교 운동장에 가보면 6학년 아이들이 5학년 아이들한테 똑바로 하라고 야단치는 소리가 자주 들린대요. 엄마들이 무슨 일이냐고 물어보면 참견하지 말라고 하고 애들을 몰고 강당 뒤로 가버린대요."

"뭘 똑바로 하라고 하는 거예요?"

"그게 뭔지 잘은 모르지만, 너희가 똑바로 안 하면 6학년들이 나선다, 이런 얘기를 하고 5학년 아이들은 바짝 얼어 있고…. 암튼 봐줄 수가 없대요."

"근데 그게 왜 중학교 소문이에요?"

"6학년들이 그러는 게 중학생들 때문이라는 거죠. 방과 후에 중학생이 초등학교 운동장으로 들어오는 것을 막아 달라는 민원을 넣을 거래요."

"못 오게 해서 해결이 되면 좋겠지만, 애들이 학교 아니면 못 만나는 것도 아닌데…."

"그러게 말예요. 차라리 학교가 낫지, 어디 으슥한 데 가는 것보다. 암튼 초등학교도 그동안 학교폭력이 꽤 있었나 봐요. 다행히 담임 선에서 끝나기는 했지만 갈등이 잦아졌다고 하네요."

정화는 벌떡 일어나 파리채를 휘두르며 한탄했다.

"아이고, 매미야. 시끄럽게 울어도 좋으니 제발 가지 마라. 개학이 오지 않게."

"매미가 운다고 개학을 안 하면 내가 매미 날개를 꺾어서라도 잡아두겠다."

"매미 날개는 꺾어서 뭐 해요? 어차피 매미는 나무껍질에 딱 붙어 있다 툭 떨어지는데. 매미가 허물을 못 벗게 해야지."

"아니, 허물을 벗어서 매미가 되는 거잖아요."

"아, 그런가? 그게 뭐가 중요해. 에잇, 이놈의 파리!"

정화는 있지도 않은 파리를 향해 파리채를 날렸다. 영미는 헛웃음을 웃다가 다시 책으로 눈을 돌렸다. 눈을 둔다고 해서 읽히는 건 아니지만 달리 할 수 있는 일이 없었다. 영미는 무슨 일이 있을 때마다 일단 책에 매달렸다. 책에서 뭔가를 발견할 수 있어서라기보다는 강태공이 낚시로 세월을 낚듯 책을 펼쳐놓고 질문을 낚는 것이다.

정화 말대로 초등학교 운동장에 가서 아이들과 학부모들을 지켜볼까? 영미는 읽던 책 한쪽 귀퉁이를 접고 책을 덮었다. 학교도 귀퉁이를 접어서 잠시 미뤄둘 수 있으면 얼마나 좋을까. 미룬다고 달라지는 것은 없겠지만 다가오는 개학이 두려운 건 영미도 마찬가지였다. 학교라는 데가 원래 문제가 많았던 건지 아니면 관심을 가지니까 문제가 눈에 보이는 건지 모르겠다. 어쨌든 초등학교 학부모들이 걱정하는 것도 결국 서열, 위계질서의 문제라고 하니 그나마 다행이다. 문제는 한 가지로 요약되니까.

지호가 편의점에서 유통기한이 간당간당한 주먹밥과 샌드위치, 과일을 싸가지고 왔다. 영미가 두 팔을 들어 환호하며 반겼다. 웬일로 정화가 별 반응이 없었다. 골똘히 두 사람을 쳐다보더니 다시 그 질문을 던졌다.

"근데요, 학부모회장이 높아요? 운영위원이 더 높아요?"

영미는 아직 팔을 내리지 못한 채였고 지호는 샌드위치 뚜껑을 열다 말고 정화를 쳐다봤다.

"더 높고 낮은 게 어디 있어요? 그냥 다른 거지."

지호는 뚜껑을 마저 열며 무심히 말했다.

"어떻게 다른데요?"

영미가 지호에게 물었다. 지호는 아는구나 싶어서 놀란 표정이었다.

"음, 뭔가 역할이 다른 거 아닐까요? 근데 어떤 역할인지는 저도 잘…."

지호가 소리 내어 웃었다.

"안 되겠다. 우리 이거부터 확인합시다. 뭘 알아야 회장을 하든 운영위원을 하든 할 거 아닙니까?"

"어떻게 확인해요?"

영미는 검지를 까딱이며 밖으로 나갔다가 행정실장과 함께 돌아왔다.

행정실장은 말없이 똥머리로 올렸던 볼펜을 빼서 종이 위에 그림을 그리기 시작했다. 네모 아래 네모 세 개를 나란히 그리고 줄을 그어 연결했다. 맨 위 네모 칸에 학교라고 썼다. 조직도였다. 아래 네모 칸에서 볼펜을 멈추고 세 사람을 차례로 둘러보며 답을 기다렸다. 세 사람은 답을 찾지 못한 학생이 되어 눈썹이 아래로 처졌다. 행정실장은 첫 번째 네모 칸에 학생이라고 썼다. 세 사람은 동시에 설마 하는 표정으로 교사, 학부모? 라고 중얼거렸다. 역시나 행정실장은 교사, 학부모라고 썼다.

"나란히? 학부모도 교사, 학생과 같은 동급이라고요?"

"모니터링만 하는 게 아니라?"

"그럼 운영위원은요?"

행정실장은 위 아래 네모 칸 사이로 선을 하나 더 그어 네모 칸을 만들었다. 다시 세 사람은 아하, 운영위원회라며 고개를 끄덕였다.

"그러니까 학교는 학생, 학부모, 교사가 3주체이고 일종의 행정기구로서 운영위원회가 있는 거군요?"

정화가 책상을 쾅, 소리 나게 치면서 말했다. 행정실장은 다시 운영위원회 아래 소위원회, 라고 적었다.

"아하, 학교폭력위원회 같은 다양한 소위원회가 운영위원회의 손발이군요. 운영위원회에 학부모들의 입김을 넣기 위해서?"

이번에는 지호가 소리쳤다. 행정실장이 학부모, 교사, 학생 아래에 1학년, 2학년, 3학년이라고 썼다.

"당연히 각 학년이 있겠지요."

그 아래 학급을 썼다.

"입김을 넣는 게 아니라 학급, 학년 회의를 통해서 올라온 의견을 모아 운영위원회에 전하는 거네. 의견 모으는 게 학부모 대표가 할 일이구먼?"

영미가 끙 신음을 뱉으며 말했다.

"그동안 학부모들의 의견을 모으는 과정도 거치지 않고 운영위원 개인이 의사결정을 해왔었다니."

지호가 이마를 짚었다.

"너무 당연한 거잖아요. 근데 왜 미처 몰랐을까요?"

민주주의가 시작된 이래로 대부분의 조직은 이런 모양새다. 이렇게 운영되어야 한다고 만든 제도다. 영미는 이제야 진석 어머니가 왜 학부모 대표를 찾았는지, 정화가 왜 굳이 영미와 함께하겠다고 했는지 명확히 이해했다. 학부모회가 학부모의 조직이기 때문이다. 학부모회는 학부모를 위한, 학부모에 의한 조직이다. 기댈 곳이 필요할 때 자기 조직을 찾는 것은 인간의 본능이다. 그들은 본능적으로 자기 조직을 찾아온 거다. 조직이 아니라 대표라는 한 사람을 찾은 게 패착이지만. 아니, 대표가 대표로서의 인식이 없었던 게 더 큰 패착이지만. 하긴 그동안 대부분의 학부모가 학부모회를 자기 조직으로 인식하지 못했다. 그저 학교를 후원하거나 지원하는 봉사단체인 줄 알았다. 그러니 학부모회도 학부모회장도 유명무실할 수밖에.

"그래, 세상에 새로운 건 없어. 있는 제도를 제대로 살리면 그게 혁신이야."

영미가 망연자실한 표정으로 말했다.

행정실장이 말없이 볼펜으로 똥머리를 다시 올렸다. 단 한마디도 하지 않고 자신의 임무를 마친 행정실장을 향해 영미가 엄지를 척, 들어 보였다. 다들 결연한 표정으로 고개를 끄덕였다.

"근데 우리 실장님 진짜 과묵하시네."

정화의 말에 행정실장은 푸하하 웃으며 한마디 했다.

"대부분 제도는 마련되어 있어요. 사람이 못 따라가서 그렇지."

다음날, 영미는 정화와 지호에게 말했다. 임시총회를 열자고.

"총회를 열어서 이 조직도를 학부모들에게 보여주자고

112

요. 우리가 모르듯이 학부모들도 모를 거예요."

영미의 제안에 두 사람은 아이처럼 손뼉을 치며 찬성했
다. 당장 우리 앞에 놓인 학생생활교육에 대한 문제부터
학부모의 역할, 교육의 방향, 학교의 의미까지 학부모들
과 차근차근 알아 나가기로 했다.

매미 소리가 차차 잦아들더니 어느 날 뚝 끊겼다. 길 여
기저기 인고의 시간 끝에 빛을 본 생명이 또 다른 생명에
게 몸을 내어주는 광경이 펼쳐졌다.

2.

2학기가 시작되었다. 방학이 끝나기 전, 영미는 다시 일을 시작했다. 지역 주민들이 만든 소비자생활협동조합 식품매장이었다. 마트보다 훨씬 작고 조합원을 대상으로 하는 생소한 구조지만 하는 일은 비슷했다. 영미는 며칠 만에 이곳이 학교의 구조와 비슷하다는 것을 알게 되었다. 일반 마트는 사장을 중심으로 사장의 이익을 극대화하기 위해 종업원들이 존재하고, 소비자는 오로지 마트의 물건을 구매하는 대상이다. 하지만 생협은 이사장이 있지만 이사장의 이익이 아니라 물건을 구매하는 조합원들의 이익과 생산자의 이익을 추구한다. 종업원이 아닌 활동가라는 이름의 직원들은 조합원들이 필요로 하는 물건을 구비

하고 판매하지만 마트 직원처럼 갑을관계가 아니라 소비자와 동등한 관계에서 일한다. 조합원들은 생협 임원이 되어 학교의 운영위원들처럼 심의 및 의결기구에서 활동하거나, 마을위원회에서 마을활동을 하기도 한다. 이사장과 마을위원장은 임기제로 선출되며 조합원들이 하는 활동을 지원하고 총괄한다.

학교도 협동조합처럼 구성원들 스스로 주인이 되어 구성원들의 이익, 즉 교육적 향상을 추구하는 조직이다. 영미는 그동안 전혀 관심 갖지 않았던 조직의 구조를 들여다보고 각각의 역할을 생각해보게 되었다. 그동안 살아온 세상과는 또 다른 세상이다.

이전 교장이 퇴임하고 새로운 교장이 왔다. 영미는 오전 근무를 마치고 교장을 만나러 갔다. 교장실 문을 두드리자 네! 들어오세요! 하고 경쾌한 목소리가 울렸다.

"안녕하세요. 학부모 대표를 맡고 있는 이영미라고 합니다."

"아이고, 잘 오셨습니다. 제가 한번 모시려고 했는데 먼저 와주셨네요."

영미가 들어서자 교장이 자리에서 벌떡 일어나 손을 내

밀며 달려 나왔다. 머리는 희끗했지만 생각보다 훨씬 젊어 보여서 영미는 조금 놀랐다.

"부탁드릴 것이 있어 이렇게 불쑥 찾아왔어요."

"네네. 학생부장 선생님께 말씀 전해 들었습니다. 학부모 임시총회를 하고 싶으시다고요. 우선 좀 앉으시지요."

교장은 다이어리를 챙겨 영미 맞은편에 앉았다. 소파의 상석에 앉지 않고 마주 보게 앉는 것을 영미는 놓치지 않았다.

"차 드시겠어요? 제가 맛있게 끓여 드리겠습니다."

"아닙니다. 방금 마시고 왔습니다."

교장의 책상 뒤에 가지런히 놓인 다기 세트와 커피 그라인더가 눈에 들어왔다.

"제가 그동안 학부모회장이 뭔지 잘 몰라서 이름만 걸어놓고 아무것도 못 했습니다. 지난번 학교폭력 이야기는 들으셨지요? 학부모님들과 이 문제를 좀 진지하게 이야기해보고 싶습니다."

"네. 많이 도와주세요."

"글쎄요. 도움이 될 수도 있지만 제대로 주체로 나서려는 거라 좀 귀찮으실 수도 있을 겁니다."

영미는 잠시 망설이다 솔직한 마음을 그대로 드러냈다.

"무슨 말씀을. 대환영입니다. 저도 학부모였고 교사였습니다. 각각의 입장을 잘 압니다. 어렵다는 것도요. 교장으로서 시너지를 낼 수 있도록 하겠습니다."

그때 광길이 교장실로 들어왔다. 광길은 영미와 눈인사를 하면서 어디 앉아야 할지 잠시 멈칫거렸다. 교장은 자기 옆자리를 툭툭 쳤다.

"우리 학생부장 선생님도 학생 전체 회의를 소집했습니다. 학생들 스스로 학교폭력에 대한 대안을 만들어보는 회의입니다."

영미는 학교의 발 빠른 움직임에 조금 놀랐다.

"전체 회의를 어떻게 하는 건가요? 아이들이 자유롭게 발언할 분위기가 만들어져야 할 텐데요."

"저도 좀 막막했는데요. 주변에 물어보니까 선도적으로 하는 학교들이 있더군요. 덕분에 방향을 좀 잡았습니다. 전체 회의라도 예전처럼 한군데 모아 놓고 한 사람씩 손들고 발언하는 방식이 아니라 모둠별로 진행하는 방식을 도입하려고요. 일종의 토론회지요. 학생들 흥미를 높이기 위해 스마트폰도 이용하고요, 앞에 나서서 말하기 힘들어하는 학생들은 익명으로 댓글을 쓰게 하는 등 다양한 방법을 동원할 예정입니다."

영미는 광길을 처음 봤을 때가 떠올랐다. 그때 광길은 마치 AI 같았다. 움직임 자체가 한 치의 실수도 허용하지 않겠다는 의지로 가득 차 있었다. 그러다 영미에게 마구 질문을 던지던 때는 얼이 빠진 표정이었다. 지금은 아주 똑똑한 초등학생 같다. 영미는 웃음이 비어져 나오려는 것을 참느라 어금니를 꽉 깨물어야 했다.

"화상으로 참여하는 것 말고도 다양한 방법이 있군요. 기대 반, 걱정 반이겠어요."

영미의 말에 광길은 어색하리만치 크게 웃었다.

"아닌데요? 완전 기대됩니다."

"저도 가르쳐주세요. 저희도 총회 참석이 어려운 학부모님들이 스마트폰으로 참여할 수 있게 해야겠어요."

"네. 먼저 학생들과 시범적으로 해보고 학부모님들도 하실 수 있도록 구조를 만들면 좋을 거 같습니다."

"구조. 그거 좋다. 뭐든지 구조를 만들어가는 게 참 중요하죠."

교장은 옆에서 맞장구를 치더니 깨알 같은 글씨로 다이어리에 뭔가를 적었다.

교장실을 나오면서 영미는 동조 반응에 관한 3의 법칙을 떠올렸다. 어떤 행동을 한 명이나 두 명이 하면 눈길을 끌지 못하지만 세 명째부터는 주변의 관심을 끌게 되고 다른 사람들도 행동에 동참하게 된다는 이론이었다. 우리는 세 명이 아니라 세 그룹이다. 이제 세 사람이 같은 그룹의 세 명을 더 모으면 게임 끝이다. 영미는 교장과 교사를 보면서 우리라는 표현을 쓰는 자신이 놀라웠다. 우리, 우리 학교, 우리 아이들이지. 영미는 그동안 한번도 생각해보지 않은 조합의 문장을 떠올리고 가슴이 뻐근해짐을 느꼈다.

내가 제일 유리해, 이미 우리는 세 명이니까. 영미는 정체 모를 우위를 느끼며 나머지 두 명이 있는 톡방을 열었다.

'교장 면담 끝, 성공!'

숫자가 빠르게 없어지더니 팡파르와 엄지 척 이모티콘이 쏟아졌다.

'교장은? 교장 어때요?'

'낫 배드.'

'오호! 뭐지? 궁금해라.'

'말 그대로.'

영미는 그럼 이만 이모티콘을 눌렀다. 컴온컴온 이모티콘과 어디예요? 뭐라고 했어? 등 순식간에 몇 개의 톡이

뜨는 걸 무시하고 휴대폰을 닫았다.

학부모에게 호의적인 교장. 짧은 순간의 인상이지만 영미는 그렇게 정리했다. 그동안 학부모를 민원인 취급하는 권위적이고 능구렁이 같은 교장 말고는 본 적이 없다. 새로운 교장도 뻔할 거라는 생각에 아무런 기대도 하지 않았다. 어쩌면 대립각을 세우게 될 수도 있겠다고 각오를 한 터였다. 오로지 교장이 되기 위해 평생을 자신의 가치와 타협하며 살았을 사람이 어떻게 혁신적인 교육을 추진할 수 있겠는가. 영미는 교장에 대해 그런 선입견이 있었다. 그런데 이게 웬일인가. 세상에 있을 것 같지 않은 친근하고 열린 태도를 가진 교장이 우리 학교에 오다니. 좋은 징조인 게 확실하다. 한 번 봐서는 모르는 거야. 자고로 관리자는 믿으면 안 돼. 근데 느낌이 좋아. 영미는 오락가락했다. 그만큼 강렬한 인상을 주었다. 영미는 날아갈 듯 두 사람에게로 달려갔다.

3.

학생총회가 성황리에 끝났다고 전해왔다. 학생들은 같은 학년의 학생 수가 많지 않다는 이유를 들어 선후배 간에도 친구처럼 지내기로 했다. 호칭을 어떻게 할 건지, 높임말을 쓸 건지 말 건지 등 세세한 규칙도 정했다. 학교폭력에 대해서는 교칙을 새롭게 만들어 나가면 좋겠다는 의견이 나왔다. 학급회의가 있었지만 실질적인 토론이 되지 못했다는 점, 학생들의 의견이 대부분 학생회 임원들의 뜻대로 정리되었다는 점 등이 거론되면서 당분간 학생 대토론회를 정기적으로 하기로 했다. 충분히 만족할 만한 토의가 필요하다는 학생들의 요구가 이토록 많은 줄 몰랐다고 광길은 혀를 내둘렀다.

교사들은 이번 토론회 전에 학생인권조례 등을 안내하지 못한 것을 아쉬워했다. 사회나 도덕 시간을 이용해 미리 공부하는 시간을 가졌다면 좀더 심도 있는 토론이 되었을 거라고 했다. 수업을 하지 않는다고 신이 났던 아이들은 차라리 수업이 더 쉽다고 투덜거렸다. 3학년들은 자신들의 너른 아량이 만든 성과라고 으쓱해했다. 아무래도 선배가 먼저 손을 내밀어야 친구처럼 지낼 수 있기 때문이다. 회의가 끝난 지 얼마 지나지 않았지만 3학년들이 자부심을 가져도 좋을 만한 분위기가 이어지고 있다고 했다. 영미는 교사들의 소회를 광길에게 전해 들으면서 이제 내 차례구나, 긴장되면서도 설렜다.

학교에서 임시총회에 대한 가정통신문을 보내겠다는 것을 영미는 편지로 대신하겠다고 우겼다. 정화는 이왕 편지를 쓸 거면 봉투에 학부모 이름까지 쓰자고 했다. 그동안 가정통신문은 아이들 가방에 처박혀 학부모 손까지 전해지지 못하는 경우가 많았다. 하지만 부모님 성함이 적힌 봉투는 아무래도 신경 써서 전달될 것이다. 모바일 알림장도 학부모회 이름으로 보내기로 했다. 그런 정성이 통했는지 참석하겠다는 답변이 예상보다 두 배는 많았다.

"아직 모르는 거야. 정작 당일에 어떻게 될지 누가 알아."

미리 샴페인을 터트리지 않겠다는 의지로 영미는 중얼거렸다. 하지만 정화는 이미 샴페인을 마시는 중이었다.

"예이! 내가 그럴 줄 알았어. 분명 많이 올 거라고 말했잖아요. 우와, 이게 그러면 몇 퍼센트야?"

"아니, 아직 아무것도 된 건 없어요. 흥분하지 말라니까."

정화를 진정시키던 영미도 결국 웃음을 참지 못했다. 지호는 긴장이 되는지 입을 꾹 다물었다.

"지호 씨, 괜찮아. 그냥 우리가 하던 고민을 같이하자는 거뿐이야."

"과연 그런 거에 관심을 가질까요?"

"관심이 있으니까 온다는 거겠죠. 부모에게 교육 문제는 인생의 가장 큰 주제이고 고민거리잖아요. 그걸 어디서 얘기해? 내 자녀가 다니는 학교의 학부모랑 하는 게 당연한 거지. 그동안 그 당연한 걸 함께하지 못했던 게 더 이상한 거야."

"그건 그렇지만… 우리가 잘할 수 있을까?"

"준비한 대로 해야지 뭐. 더 잘할 수는 없고."

담담하게 말했지만, 영미는 생협 근무시간을 조절했다.

"우리 영미 돌려내!"

마을위원장이 영미를 학교에 빼앗겼다고 우는소리를

했다.

"죄송해요. 총회만 끝내고 다시 열심히 할게요."

영미는 일을 마치자마자 총알같이 달려 나왔다. 2인조가 기다리는 학부모회실로. 아, 이제 2인조가 아니다. 학부모회 밴드를 통해 알게 된 몇몇 학부모가 임시총회를 도와주러 나왔다. 정화의 활약이 컸다. 밴드 글에 관심을 보이던 이들에게 도움을 호소했다. 담임의 강권으로 이름만 올려놓았던 반 대표들이 처음에는 약간의 의무감으로 참여했다. 정화는 한번 온 학부모들을 놓치지 않고 챙겼다. 이름을 기억해주고 학년 대표와 연결해주고 회의가 있을 때면 같이 가자고 연락했다. 학부모들은 정화의 열성에 미안해서 왔다가 서로에게 익숙해지면서 자리를 잡았다.

낯을 가리는 지호도 편의점에 오는 손님들에게 혹시 영우중학교 학부모 아니냐고 말을 건네고 학부모 밴드에 초대하곤 했다. 정화는 지호로서는 거의 알을 깨는 용기를 내주었다며 추켜세웠다.

임시총회 당일, 영미는 아침부터 학교에 갔다. 의자부터 하나하나 학부모들 손으로 준비하고 싶었다. 학교 입구에 현수막이 걸려 있었다.

〈학부모 임시총회에 오신 학부모님들을 환영합니다〉
-주최 영우중학교 학부모회-

영미는 행정실장에게 꼭 주최를 넣어달라고 당부했다. 학교가 아니라 학부모회가 주최하는 것임을 분명히 밝히고 싶었다. 일종의 선언이었다. 더 이상 구색만 갖추는 학부모가 아니라 진짜 3주체 중 하나가 되겠다는. 비록 시작은 현수막 하나 내거는 수준이지만 말이다.

영미는 현수막 앞에서 셀카 모드로 사진을 찍었다. 오늘을 잊지 않기 위해 프로필 사진으로 등록했다. 학교 밴드에도 사진을 올렸다. 바로 알림이 띠링, 울렸다. 호들갑스러운 정화의 댓글일 거다. 또다시 띠링, 이번에는 지호의 좋아요일 게 뻔하다. 영미는 양쪽 날개를 단 기분이었다.

둥근 탁자를 학급별로 준비했다. 학부모들이 강당에 들어서는 순간부터 자신의 학급으로 가게 하기 위해서였다. 학부모들이 소속감을 느끼게 하고 싶었다. 어떻게 하면 좋을지 수차례 논의했고, 가장 오래 고민했다. 영미가 처음 학부모총회에 참석했을 때, 학부모들은 여기저기 삼삼오오 앉았다. 그들은 강당 문을 열고 들어오는 사람들마다 고개를 빼며 쳐다봤고 아는 얼굴이 나타나면 누구야, 이름을 불러 자기 옆으로 오라고 손짓했다. 이름이 불린 사람은 마치 잃어버린 엄마라도 찾은 듯 구원받은 얼굴이 되었다. 그들 그룹의 일원이 되기 위해 달려가는 뒷모습을 혼자 앉은 사람들의 눈이 멍하니 쫓았다. 그러다 비대해진 그룹들은 누가 더 세가 큰지 내기라도 하듯이 웃음소리를 키웠다.

영미는 조금 부럽기도 하고 부담스럽기도 했다. 끼고 싶은 마음과 끼고 싶지 않은 마음이 공존했다. 친숙하지만 낯선 자리였다. 어떤 모임이나 비슷하겠지만 그런 마음이 가장 적나라하게 드러나는 곳이 학부모총회가 아닐까 싶었다. 영미는 이번 총회만큼은 누구에게나 동등하고 편한 자리가 되길 바랐다. 그러기 위해서는 개별적인 학부모로서 일차적으로 속해야 할 곳은 학급 학부모회라는 것을 확인시켜 줄 필요가 있었다.

오늘은 첫 회의인 만큼 담임이 참석하기로 했다. 사실 이것도 많은 설왕설래가 있었다. 주체적인 학부모회냐, 참석률이 높은 학부모회냐의 문제였다. 학교에 기대면 우리가 원하는 주체적인 시작을 할 수 없을 거라는 의견과 그래도 학부모들이 학부모회의 필요성을 느끼기 전까지는 담임이 자리해주는 것이 참석률을 높일 수 있을 거라는 의견이 팽팽했다. 결국 학부모가 없는 학부모회가 무슨 소용이냐는 말에 전자의 의견이 무릎을 꿇었다. 대신 담임들은 회의에 관여하지 않기로 했다. 그래야 나중에 담임이 나오지 않아도 빈자리가 나지 않을 것이다. 담임들에게 학부모회의가 또 하나의 일이 되는 것도 원치 않았다.

임시총회를 두 시간여 앞두고 있었다.

"우리 집에 가서 간단히 라면이라도 먹고 옵시다."

영미는 총회 준비를 하던 학부모들과 집으로 향했다. 이럴 땐 집이 가까운 게 다행스러웠다. 저녁 바람이 제법 솔솔 불어오자 늦여름의 볕이 덧없이 식어버렸다. 하늘 끝에는 주홍이 농도를 달리하여 넓게 펼쳐져 있었다.

정량의 라면을 끓였는데도 많이 남았다. 마침 현우가 학원에서 돌아왔다. 현우는 올라오는 계단에서부터 라면 냄새가 진동했다며 젓가락을 들고 덤볐다.

"그래, 라면이 잘 들어갈 때가 좋은 거다."

"그럼, 나도 두 개씩 끓여 밥 말아 먹던 시절이 있었지."

3학년 대표의 말을 2학년 대표가 받았다.

"그 시절엔 세 젓가락이면 끝이었지."

"난, 두 젓가락."

다들 자기만 쳐다보자 현우는 주섬주섬 냄비를 들고 자기 방으로 가버렸다.

"이제 시작이구먼, 이 집 아들. 저게 시작이야. 어른들 눈이 부담스럽기 시작하면 그게 사춘기야."

"먹는 걸 그리 빤히 보는데 누군들 괜찮을까."

영미가 눈을 흘겼다.

"아이고, 현우 엄마. 현우 크는 게 아쉽구먼. 그래, 그럴수 있지. 하지만 이쁜 모습도 이제 끝이야. 2차성징 시작되면 어설프기 짝이 없어지거든."

"아, 왜 그래요? 안 그래도 지금 현우 엄마 긴장하고 있는데 소화 안 되게 그런 소리까지 해."

"누가 긴장한다고 그래? 나 긴장 같은 거 안 하는 사람이야, 왜 이래."

영미는 과장되게 손을 덜덜덜 떨면서 큰소리쳤다. 덕분에 왁자하게 웃었다. 이제 갑시다, 하는 소리에 조용히 가방 챙기는 소리만 들렸다. 밖으로 나오니 보랏빛 하늘에 하얀 초승달이 선선하게 걸려 있었다.

마침 강당 앞에 학교에서 맞춰준 떡이 도착했다. 퇴근후 바로 오시는 학부모들을 위해 준비한 것이다. 학부모총회는 오전에 하는 경우가 많지만 일하는 부모들에게도 기회를 주어야 한다는 목소리가 커지고 있던 터였다. 영미는 당연히 저녁으로 시간을 잡았다. 학부모회가 자리를 잡으면 같이 식사를 할 수 있는 학부모 축제를 열어보고 싶다. 자주 할 수는 없겠지만 하루 정도는 가능하지 않을까. 요리 동아리가 도와주면 좋겠지. 부모를 따라오는 어린 동생들을 돌봐주는 학생 봉사 서비스도 있으면 좋겠다.

영미는 엉뚱한 데로 흘러가는 생각의 꼬리를 애써 떨쳐냈다. 요즘은 이런 상상이 너무 재미있다. 전에 없던 일이다. 영미는 그동안 일 벌이는 사람을 보면 지레 멀리 떨어졌다. 일머리가 없기도 했지만 사람들과 어울리는 것 자체를 별로 좋아하지 않았다. 누가 믿겠어, 내가 이런 일을 벌이다니. 내 안에 이런 면이 있는 줄 나도 몰랐지. 영미는 자신이 북적이는 사람들 사이에 있다는 게 새삼 신기했다.

정화와 지호가 떡을 탁자 위에 올리느냐, 들어올 때 주느냐를 가지고 옥신각신했다. 영미는 휴대폰으로 사진을 찍기 시작했다. 총회를 준비하는 과정을 찍어두는 것도 의미 있을 것 같았다. 그동안 회의하던 것들을 찍어두지 못한 게 아쉬웠다. 화면을 들여다보다 사진 속 표정에 혼자 빵 터졌다. 때로는 본질적인 질문 하나가 삶의 태도를 바꾸기도 한다. 태도는 표정도 다양하게 채워 넣는다.

영미는 강당 입구에 서서 학부모들에게 인사를 했다. 정화와 지호는 혼자 오는 분들을 탁자까지 안내하는 역할을 맡았다. 5미터도 안 되는 거리지만 그 짧은 거리를 혼자 걷는 것이 부담스러워 학부모 모임에 오지 못하는 이들도 있다. 정화는 5미터를 마치 50미터처럼 길게 수다를 떨었다. 지호가 더 바쁘게 움직였다. 참석하겠다는 회신보다는 적었지만 예상한 것보다는 많이 왔다.

"의자가 부족해요. 더 가져와야겠어요."

정화가 귓속말을 하고선 창고로 달려갔다. 뒷모습에서 끼얏호, 소리가 나는 것 같았다.

드디어 임시총회가 시작되었다. 화면에 영상을 띄웠다. 집에서 참여하는 이들의 얼굴이 촘촘하게 떴다.

"반갑습니다, 학부모님들. 지금부터 학부모회 임시총회를 시작하겠습니다. 저는 학부모 대표 이영미라고 합니다."

영미가 행사의 시작을 알리자, 웅성거리던 소리가 차차 잦아들고 떡 봉지 소리만 바스락바스락 들렸다.

"오늘의 안건은 두 가지입니다. 하나는 학부모에게 학

부모회란 무엇인가? 왜 필요한가? 필요하다면 어떻게 운영할 것인가? 하는 것입니다. 지금까지 학부모회가 거의 유명무실했는데, 반년간 회장을 맡으면서 살펴보니 학부모들에게도 우리를 대신할 조직이라는 게 절실히 필요하다는 것을 깨달았습니다. 학부모회가 대표기구로서 제대로 자리잡으려면 무엇을 어떻게 해야 할 것인가를 여러분과 함께 이야기해보고 싶습니다. 갑자기 왜 이런 논의를 하는 건지 궁금하실 텐데요, 두 번째 안건과 연결되는 문제이기도 합니다. 얼마 전 학교폭력이 반복적으로 일어났습니다. 단순히 개별적인 징계로 끝내기에는 학교 공동체에 근본적인 문제가 숨어 있었습니다. 학생들 사이에 생각보다 뿌리 깊은 서열문화가 있었는데요, 그것은 개인 간의 갈등 이전에 사회문화적 합의와 학교 내 합의가 필요한 일이었습니다. 또한 이런 갈등이 일어날 때 어떻게 대처할 것인가에 대한 합의도 다시 재정립할 필요가 있습니다. 아시다시피 이는 곧 학습 환경과도 직결되는 문제입니다. 그럼 첫 번째 문제를 진행하기 전에 서로 인사하는 시간부터 갖겠습니다."

제5장

보통의 교육

1.

도심에서 한 개체가 격렬하게 죽어가는 소리를 내는 동안 산에서는 푸른 생명들이 격렬하게 자라났다. 위로 옆으로 사방으로 뻗어나가며 자신의 영역을 확장했다. 흙과 대기는 뿌리로 줄기로 이파리로 꽃잎으로 열매로 생명 에너지를 보내느라 뜨거운 김을 내뿜었다. 특히 넝쿨식물은 손이 닿는 곳마다 휘감아 오르며 산을 온통 덮어버릴 기세다. 칡, 으름덩굴, 멀꿀은 등나무, 계요등, 갈퀴나물을 덮치고 다래, 박주가리, 머루는 으아리, 오미자, 노박덩굴을 덮쳤다. 어제는 나팔꽃이 인동덩굴을 타고 오르고 내일은 메꽃이 환삼덩굴을 타고 오르지만 누군가를 끌어내리지는 않아 오르는 것들은 하루가 다르게 산의 부피를 키웠다. 밤이면 잠시 꽃을 오므리고 더 높이 디딜 곳을 찾아 두리번거리다 새벽이슬이 몸을 적시는 순간, 곁눈도 주지 않고 각자의 속도로, 각자의 방향으로, 각자의 길로 뻗어 오른다. 산이 깊어지는 것은 시퍼런 것들이 서로 딛고 오를 몸을 내어주기 때문이다.

"갈등이란 한자로 칡 갈에 등나무 등, 칡과 등나무라는 뜻입니다. 칡과 등나무는 줄기가 나무를 감고 올라가는 성질이 있는데 칡은 왼쪽으로, 등나무는 오른쪽으로 올라갑니다. 칡과 등나무가 서로 목을 조르듯 얽히고설키게 되는 거지요. 갈등은 바로 그런 것입니다. 본질적으로 서로 다른 존재가 하나가 되려고 할 때 갈등은 당연히 일어나는 것입니다. 그 말인즉슨 갈등이 없는 상태는 없다는 뜻입니다. 갈등은 당연히 있다는 것을 전제로 조절하고 관리해 나가는 것입니다."

광길은 힘이 쭉 빠졌다. '학교를 살리는 회복적 학생생활교육'이라는 제목을 보고 이 연수를 들으면 평화로운 학교, 갈등 없는 학교를 만들어갈 수 있겠구나, 기대를 가졌다. 그런데 강사는 시작부터 그 희망을 싹둑 잘라버렸다. 갈등 없는 학교는 없단다. 아니 갈등 없는 세상은 없단다.

"등나무와 칡나무는 얽히면서 더 단단하게 서로 의지합니다. 갈등을 하나의 교육적 기회로 받아들일 수 있다는 의미입니다. 우리에게 어떤 문제가 있었는지 다시 돌아보면서 공동체성을 강화할 수 있는 거지요."

같은 맥락에서 학교폭력 제로를 외치는 것도 구시대적이라고 강사는 말했다. 절대 없앨 수 없는 갈등을 눈에 보이지 않게 숨겨놓고 제로라고 외치기보다 감춰진 묵은 감정과 얽힌 실타래를 용기 있게 드러내도록 격려해야 하고, 당사자들을 분리하고 배제하는 데 주력하기보다 갈등의 원인에 따라 피해가 회복되도록 돌봐야 한다는 거다.

20분 정도 열강하던 강사는 일렬로 앉은 교사들을 일으켰다. 서로의 몸에 스티커를 붙이는 등 몸풀기 놀이를 하고, 모둠을 만들어 자기소개를 시켰다. 어디서 근무하는 누구라는 식의 자기소개가 아니라, 지금의 마음 상태를 신호등으로 표시하는 방식이었다. 교사들은 착실히 강사의 지시를 따랐다.

잠시 쉬는 시간에 2층 로비에 있는 카페에 갔다. 아이스 아메리카노를 받아 나오려는데, 같은 체육교과인 규석 선생이 들어서며 반갑게 인사했다. 규석은 광길이 처음 학생부를 맡던 해부터 서로 의지하던 사이다. 뒤이어 규석과 같은 학교에 다니는 인정이 따라 들어왔다. 인정은 국어 교사인데, 첫 발령부터 학생부만 줄곧 맡아오더니 아예 상담으로 전과했다. 커피를 받아 든 규석은 의자에 털썩 앉았다.

"시간 다 됐는데."

광길의 말에 규석이 빨대를 쪽 빨면서 답했다.

"잠시라도 앉았다 가고 싶어서."

"그 맘 잘 알지."

광길도 규석 앞에 앉았다. 인정은 앉지 않고 기대어 섰다.

"난, 이거 별로야."

규석이 미간을 찌푸렸다.

"광길 쌤은 내 맘 알지? 인정 쌤, 저 이거 별로예요. 제가 인정 쌤 하자는 건 뭐든 하잖아요. 근데 이건 무슨 명상 프로그램도 아니고, 하! 이런 게 필요 없다는 게 아니라 학교가 얼마나 전쟁턴데…. 전쟁터에서는 규칙과 훈육이 필요하지, 이딴 게 다 뭐냐고."

규석은 광길이 맞장구쳐주길 바라는 눈빛으로 인정과 광길을 번갈아 보며 투덜거렸다.

당연히 그럴 것이다. 광길은 원래 그런 사람이었다. 규칙과 훈육을 중요시하는 사람. 눈에는 눈, 이에는 이. 정해진 대로 처벌하는 것을 질서정연한 것으로 받아들이는 사람. 가끔 처벌권자가 지나친 감정을 실어서 논란이 되면, 그 또한 정해진 대로 처리하면 된다고 단호히 말하는 사람이었다. 그것이 질서고, 질서는 수직, 상하, 반듯한 것이었다. 이를 지키도록 아이들을 지도했고 항상 '선을 지키는 것'의 중요성을 강조했다. 또한 이는 체육교육의 정신과도 맞닿아 있었다. 자신의 몸을 건강하게 단련하는 것, 과하지도 부족하지도 않은 상태를 유지 강화하는 것, 몸이 허락하는 선을 스스로 아는 것, 의지와 몸을 일치시키는 것 말이다. 올림픽 같은 체전에서 0.0001초의 차이라 해도 앞선 이에게 최고의 자격을 부여하는 것은 그 질서를 존중하기 때문이다.

광길은 천천히 고개를 끄덕이며 말했다.

"그래. 당신 맘 알지. 근데, 나 이거 좀 들어볼라고. 그동안 내가 수행평가할 때 결과가 아닌 과정을 중심으로 한 거 알지? 난 그게 스포츠정신을 살리는 교육이라고 자부했거든. 대학입시에서도 어려움을 어떻게 극복했는지, 공동체 정신을 살린 경험이 있는지, 더 나아지기 위한 도약을 했는지를 묻는 시대잖아. 결과만큼 삶의 태도가 중요해졌지. 그러면 생활교육도 마찬가지 아닐까? 그런 정신을 생활교육에도 적용해야 하는 거잖아. 근데 그걸 생각조차 못했더라고. 나 좀 그런 게 흔들려."

규석은 배신당한 얼굴이 되었다.

"그니까 내가 말했었지. 다른 과목은 우수한 걸 중요시하는데 체육만 과정을 따지면 애들은 얼마나 헷갈리고 우리는 또 얼마나 모호하냐고."

인정이 시계를 가리켰다. 규석은 긴 한숨을 쉬며 일어섰다.

"일단 오늘은 들을게요. 근데 아닌 거 같아."

"그래. 조금만 더 들어보고 판단하자."

규석은 고개를 갸우뚱거리며 쓰레기통을 향해 컵과 홀더를 던졌다.

강의실에는 모둠별로 둥글게 의자가 배치되어 있었다. 광길은 얼른 자신의 자리를 찾아가 앉았다. 강사는 둥글게 앉게 한 이유부터 설명했다. 모두가 서로를 볼 수 있는 구조는 평등하고 존중받는다는 느낌을 주고, 책임감을 갖고 참여하게 되는 이점이 있다고 했다. 언뜻 보니 인정과 규석이 다른 모둠에 배치되었다. 규석의 미간이 더 좁아져 있었다.

광길은 그간 학생부 선생들과 함께 강의를 듣지 못한 걸 아쉬워했다. 하지만 규석을 보면서 함께 듣는다고 해서 같은 깨달음을 얻는 건 아니라는 사실을 다시 한번 확인했다. 전환의 순간은 아무에게나 오지 않는다. 준비된 자에게만 온다.

모둠활동이 끝나고 강사는 영상을 하나 보여주었다. 가족을 모두 묻지 마 살인으로 잃은 분의 인터뷰 영상이었다. 살인 현장이 자신의 집이었는데 그 현장을 국가가 치워주지 않아 결국 본인이 치웠다고 한다. 몇 날 며칠 가족의 핏자국을 닦으며 울다가 실신하고 다시 닦다가 실신하기를 반복했다고 한다. 그분과 같은 피해자들의 호소로 얼마 전에야 겨우 피해자 지원안이 마련되었다고 강사는 덧붙였다.

광길은 곰곰이 떠올려봤다. 그동안 자신이 징계했던 수많은 학교폭력 사건에서 피해를 입은 아이들에게 자신은 무엇을 해주었던가. 물론 아이가 다친 경우 가해자가 병원비를 해결하도록 중재했고 피해자에게 트라우마가 생기지 않도록 상담을 받게 해주었다. 하지만 피해를 입었던 현장까지는 생각이 미치지 못했다. 교실이거나 화장실이거나 강당 뒤편이었을 텐데, 아이는 매일 그곳에서 생활해야 했다. 다리가 후들거려도 하루 몇 번씩이나 자신이 맞았던 바로 그 현장, 바로 그 교실, 바로 그 자리에서 어제와 다름없이 수업을 들어야 했다. 사각지대를 없앤다고 CCTV를 달거나 조명을 늘리기는 하지만 그것은 피해 회복을 위한 것이 아니라 재발 방지, 더 정확하게 말하자면 가해자를 색출하기 위해서였다. 결국 학교는 오로지 판결기관의 역할에만 충실했던 것이다. 그동안 자신이 추구한 평화로운 학교는 누구를 위한 것이었던가. 광길은 기가 막혔다.

"누가 때렸어? 누군지 말해!"

누군지 밝혀 벌하는 게 중요했다. 피해자의 고통은 죗값을 받게 하면 끝나는 줄 알았다.

"피해자들이 가장 바라는 게 무엇일 것 같으세요?"

강사의 물음에 교사들은 속으로 웅얼거렸지만 대부분 비슷한 생각을 했을 것이다. 자신과 똑같이 당하는 것. 피해를 입은 사람들은 대부분 이렇게 말했다. 다 필요 없어, 저놈도 똑같이 당해보라 그래!

"피해자들이 진짜 원하는 것은 가해자가 진정으로 자신의 잘못을 아는 것입니다. 자신이 무슨 짓을 한 건지 두 눈 뜨고 목도하고 처절하게 후회하는 것입니다."

광길은 망치로 맞은 듯했다. 죗값이 아니라 잘못을 아는 것이라니. 진짜 직면하면 '처절하게 후회'한다는 거 아닌가. 그보다 중요한 일이 어디 있겠는가. 피해자의 아픔을 제대로 알게 하고 자신의 잘못을 후회하게 되면 재발 확률도 절로 낮아진다니.

광길은 다이어리에 '직면'이라고 적었다. 이제 진짜 교육적인 길을 찾은 것 같았다. 교육자가 되길 정말 잘했다는 생각에 가슴이 뻐근했다.

강의가 끝나고 주차장으로 가는 길에 인정과 마주쳤다. 광길은 인정의 뒤를 살폈다.

"갔어."

"아쉽네요."

"괜찮아. 그래도 규석 쌤은 말을 하잖아."

"네?"

"대부분 연수받으라면 그냥 받고 말지, 싫네 좋네 자기 생각을 말하나? 그보다는 나아."

광길은 고개를 끄덕였다. 맞다. 교사 연수라는 게 기본적으로 배워서 나쁠 건 없다. 그렇다고 특별날 것도 없어서 좋을 것도 없다. 교사들은 적당히 자신이 취할 것만 취했다.

"자기는 어때?"

무심한 듯 다정한 말투였다. 광길은 자신이 흔들리고 있다고 고백한 것에 대한 질문이라는 것을 알아챘다.

"그런 거 있잖아요. 평소에는 그냥저냥 넘어가던 것들이 이상하게 안 넘어가지는 거. 학교폭력 한두 번 겪는 게 아닌데 이번에는 좀 그러네요."

"그래. 그런 때가 있지. 학교가 유난히 그렇게 만드는 거 같아."

"아니, 학교가 유난히 그냥 넘어가게 하죠."

"그것도 그러네."

인정이 자동차 키를 누르자 어디선가 뾱, 소리가 났다. 두 사람은 말없이 손을 흔들고 각자의 차를 향해 뚜벅뚜벅 걸어갔다.

2.

"이 학교의 유일한 장점은 학부모들이 학교에 안 온다는 거였는데…."

학부모 임시총회 소식에 담임들이 투덜거렸다.

"학부모회에서 만든 임시총회 자료에 있는 그대로 담임 선생님들은 자리만 지켜주시면 됩니다. 모든 진행은 학부모회에서 맡아서 하기로 했으니 다른 준비하실 것은 없습니다. 혹시라도 그 자리에서 상담을 청하는 학부모님이 계시면 따로 날을 잡아서 진행하자고 해주세요. 반대표가 궁금해하는 부분이 있으면 아래에 있는 학부모회장 연락처를 안내해주시고요. 총회를 마치는 시간까지 선생님들은 오로지 자리를 지켜주시기만 하면 됩니다."

"그게 힘들다고요. 도대체 몇 시까지 야근이야."

"왜 저녁에 총회를 한다고 그래. 참 내."

광길의 설명에 담임들의 불평이 여기저기서 터져 나왔다.

"아, 한 가지 더 있네요. 오신 분들의 전화번호를 학부모회가 공유하는 것에 대해 개인정보 동의를 받아주시는 것도 부탁드립니다."

광길은 불평을 무시하고 안내를 마저 했다. 그리고 잠시 망설이다가 덧붙였다.

"우리도 그동안 우리 애들 학교에 못 가봤잖아요. 저녁에 하면 그래도 얼굴이라도 내밀 수 있으니 우리에게도 필요한 거죠. 일하는 부모를 위한 건데…."

"그러니까 그게 왜 우리 학교부터냐고요, 내 애들 학교가 아니라. 이제 끝났죠?"

가사 선생이 회의 자료를 탁탁 챙기며 일어섰다. 그 기세에 광길보다 다른 선생들이 뻘쭘해했다. 도덕 선생이 광길의 어깨에 손을 얹고 지나갔다. 이어 사회 선생이 손을 얹고 지나갔다. 광길은 엉거주춤 서 있는 선생들을 향해 입 모양으로 괜찮아, 라고 말했다. 멀리서 교감이 중얼거리는 소리가 들렸다.

"교사가 교사 편을 안 들어주고 말이야. 학생부장 하랬

더니 학부모부장을 하고 난리야.”

광길은 벌떡 일어나 교감을 향해 뚜벅뚜벅 걸어갔다. 교무실이 순식간에 정지상태가 되었다. 앞에 앉은 교감마저 얼어붙었다. 광길은 교감을 지나 창문 앞에 서서 운동장에서 뛰고 있는 아이들을 향해 외쳤다.

“다들 파이팅!”

계단에 앉아 있던 아이들이 돌아봤다. 축구하던 아이들이 뭐라고 소리를 질렀다.

“응, 네 편이라고!”

광길이 다시 외치자 아이들이 와하하, 웃었다. 광길도 큰 소리로 껄껄 웃었다. 그리고 다시 뚜벅뚜벅 교감 옆을 지나 학생부실로 들어가버렸다. 앉아 있던 교사들이 부산스럽게 수업자료를 챙겨 들고 교무실을 빠져나갔다.

학부모총회가 끝났다. 광길은 총회가 진행되는 과정을 처음부터 끝까지 지켜봤다. 여러 이야기가 오갔다. 앞으로 학년 학부모회를 정기적으로 하면서 학부모들의 마음을 모으는 데 주력하기로 했다. 학급별로 하면 가장 좋겠지만 모이는 사람이 너무 적으면 동력이 떨어지니까 일단 학년별로 모이자고 했다. 학생생활교육에 대한 교육을 학교에 요구하자는 의견도 나왔다. 학부모들 스스로 연수 계획을 짰다. 마지막에 회의록을 그 자리에서 다 같이 정리해서 학교 홈페이지에 올렸다.

광길이 인상 깊었던 것은 마음을 모으자고 한 부분이었다. 언어 선택이 탁월하다는 생각이 들었다. 보통은 목소리를 모으자고 하는데, 그 말은 목소리를 높이는 것으로 이해될 수 있다. 목소리를 모으면 교사들은 긴장하지 않을 수 없다. 그 목소리가 어디로 향할지 잘 알기 때문이다. 그런데 마음은 내부로 향하게 되어 있다. 학부모들은 크게 신경 쓰지 않은 표현일 수 있지만 교사 입장에서는 결코 작지 않은 차이다. 영미의 세심한 배려가 느껴졌다.

서로 인사를 나누고 안부를 묻는 과정도 눈에 들어왔다. 처음이라 그런 줄 알았는데, 총회 준비 회의에서도 매번 인사와 안부 묻는 것을 잊지 않았다. 이미 서로를 잘 아는 사람들이고, 자주 만나는 사이인데도 그랬다. 이유가 있을 것 같은데 짐작이 되지 않았다. 광길은 직접 물어보기로 했다.

학부모회실은 항상 문이 열려 있다. 원래는 학부모 회의할 때 외에는 잠가 두는 것이 원칙이었다. 그동안 학부모 회의를 한 적이 없으니 언제나 잠겨 있었던 셈이다. 영미가 본격적으로 학부모회장 일을 시작하면서부터 문을 열어두게 했다. 학교에 오는 학부모들이 언제든지 편하게 들러서 쉴 수 있는 공간이어야 한다고 했다. 영미는 학부모회실 문 앞에 '학부모라면 누구든지 들어오셔도 됩니다'라는 안내문을 붙이고, 약간의 커피와 물 주전자를 갖다 두었다. 가끔 아이들이 커피를 몰래 가져다 먹었는데, 아예 편하게 가져다 먹으라는 메모를 남기자 오히려 없어지는 수량이 줄어들었다. 광길은 문을 떼버리고 오픈카페처럼 만들면 어떨까 상상하다가 학부모들이 알아서 하겠지, 했다. 상상하는 것도 믿거니 하는 것도 신기한 일이다. 학생부장의 업무 중 가장 귀찮은 일이 학부모회 일이었는데 어쩌다 이렇게 쿵짝이 맞아졌나, 쿡쿡 웃음이 나왔다.

"친구들끼리 만나도 먼저 안부를 묻잖아요. 안부를 묻는다는 건 서로에 대한 인사이기도 하지만 지금 상대방의 마음 상태를 먼저 알고 배려하겠다는 호의를 표현하는 거지요. 서로를 알면 더 쉽게 받아들이잖아요. 사실 교육적 지향이라는 게 선명한 것 같으면서도 방대하고 다양하거든요. 가정환경도 다 다르고요. 그래서 조심스러워요. 다른 모임도 그렇겠지만 학부모 모임은 특히 관계의 첫 단추를 잘 꿰는 게 중요한 것 같아요."

"어쩌면 교육이 가장 정치적인 거 같아요. 민주주의가 주민자치에 달려 있다는 말이 그래서 나온 게 아닌가 싶어요. 입장 차이가 굉장히 서로 다르고 민감해요. 상대를 깊이 있게 알지 못하면 교육적 지향을 짐작할 수가 없어요. 그 차이를 일상적 신뢰로 메워 가는 거지요. 일종의 탐색전일 수도."

영미의 말에 지호가 이렇게 덧붙였다.

"그렇게 말하면 너무 전략적이지 않아요? 안부는 그냥 안부고 인사일 뿐이야. 보통 대표가 인사말 하는데 그거 너무 권위적이잖아요. 우리는 모두에게 인사할 시간을 주는 거지."

정화가 이맛살을 찌푸리며 말했다.

"그런가? 우리가 쓸데없이 진지해요."

영미와 지호가 어깨를 으쓱했다.

광길은 교사회의에서 안부를 묻는 모습을 상상해봤다. 다들 왜 그러냐, 오그라든다, 시간 없다고 한마디씩 하겠지. 그래도 한번 시도해보고 싶다.

광길은 동료 교사들과 학생생활교육에 대해 토론할 날이 하루빨리 오기를 바랐다. 그러려면 전략이 필요하다. 우선 자신이 뭔가 다른 모습을 보여줘야 한다. 자연스럽

게 성과물을 보여주고 지지해주는 동료들을 만들어야 한
다. 그리고 적절한 순간에 연수를 제안하는 것이다. 적절
한 순간은 광길의 전략과 상관없이 들이닥쳤다. 학교폭력
이 또 일어났다. 이번에는 여학생들이었다.

다음 날, 책상 위에 교장이 찾는다는 메모가 남겨져 있
었다. 교장실로 가는 광길의 발걸음이 무거웠다. 교장으
로 이임하자마자 학교폭력이라니 얼마나 화가 나 있을까.
그래도 일이 터지자마자 득달같이 부른 교장이 원망스러
웠다. 교장실은 활짝 열려 있었다.

"아, 선생님. 어서 오세요."

교장실에는 소파가 없어지고 나무로 만든 둥근 탁자가
놓여 있었다. 만든 지 얼마 되지 않은 듯 나무 향기가 짙
게 풍겼다.

"어떤가요? 정겹지 않나요? 제가 직접, 은 아니고, 쬐끔
도와서 만들었습니다, 하하."

교장이 자랑스러워 죽겠다는 듯이 말했다. 광길은 조금
어리둥절했다.

"네, 좋네요…."

"제가 교장이 되면 그놈의 권위적인 소파는 학생들에게

양보하고 교장실은 카페처럼 편안하게 드나들 수 있도록 만들고 싶었어요. 책상도 한쪽으로 치우고 파티션을 놓을 거구요. 아이들이 언제든 와서 저랑 수다 떨 수 있게요."

"네네. 좋네요…."

"선생님, 대답에 너무 영혼이 없습니다?"

교장은 광길의 어깨를 슬쩍 찌르며 웃었다. 그제야 광길은 조금 긴장이 풀어졌다. 그 김에 먼저 말을 꺼냈다.

"교장 선생님, 저를 좀 도와주셔야겠습니다."

광길의 느닷없는 말에도 교장은 여전히 해맑게 답했다.

"뭐든 말씀하세요. 선생님 일이라면 다 도와드릴게요."

"실은 어제 학교폭력 당사자들과 사전 대화모임을 해봤습니다."

"오, 그러셨군요."

"오래된 왕따 문제입니다. 이번 사건에 얽힌 아이들만의 문제가 아닌 듯합니다. 대상을 확장해서 대화모임을 해봤으면 좋겠습니다."

광길은 지난번 대화모임에서 관련자들이 보여준 역동을 다시 재현해보고 싶었다. 그날 광길은 사람의 마음이 변하는 모습을 2배속으로 보는 것 같았다. 기적 같은 일이었다. 하긴 사람의 마음이 변하는 것 자체가 기적이 아닐까.

"그럼 다른 선생님들도 이 방식에 동의하신 건가요?"

"아직, 아닙니다. 교장 선생님께서 도와주실 부분입니다."

"좋은 사례를 만들어야겠네요."

"당사자 부모님들도 만나지 못했어요. 학부모회에서 도와주시면 좋겠습니다."

"회장님을 제가 만나보지요."

"한 가지 더 있습니다. 왕따 문화가 초등학교에서부터 이어져 왔는데, 그게 지금도 초등학교에 남아 있다고 합니다."

"그렇다면 마을과 함께하는 대화모임을 해야겠군요. 초등 교장 선생님과 마을 어른들도 초대하도록 하겠습니다."

"어… 판이 커지겠네요."

"왜요? 부담스러우세요?"

"아, 아니. 네… 조금 부담스럽기는 하지만 좋은 기회이기도 하니까 잘해보도록 하겠습니다. 감사합니다."

"가끔은 소수의 도전과 성공이 공동체의 방향을 좌우합니다. 지금이 그때인 것 같네요. 선생님의 어깨가 무겁겠습니다."

교장이 광길의 손에 커피를 쥐어주며 말했다. 광길은

남의 일처럼 말씀하시네요, 라고 답할 뻔했다.

　학교폭력대책위원회를 열기 전 관련 학생들과 대화모임을 진행할 예정이라는 말에 교사들은 술렁거렸다. 광길은 동료 교사들을 설득해야 한다는 게 서글펐다.

　"징계를 주지 말자는 게 아닙니다. 오히려 제대로 된 징계를 주자는 겁니다. 학생들은 자신의 징계를 대충 예상하고 강제전학이 아닌 이상 크게 타격을 입지 않아요. 저는 가해자가 피눈물을 흘리며 반성하기를 바랍니다."

　"그러니까, 그게 뭔가요? 예상할 수 있는 징계가 무슨 문제라는 거지요? 뭘 하겠다는 건지 명확하게 좀 말씀해 보세요."

　교감이 답답하다는 듯이 말했다.

　"학교폭력대책위원회와 대화모임을 병행해서 가해자 스스로 자신의 잘못을 목도할 기회를 주려는 겁니다. 사실 학교폭력대책위원회에서는 어떻게든 징계를 줄여야 하니까 자신이 저지른 잘못을 최대한 감추거나 다른 사람에게 죄를 미루죠. 서로 입을 맞추느라 정신없어요. 자신을 들여다볼 시간을 가지지 못합니다. 대화모임을 통해서 진정한 반성을 할 기회를 먼저 주고 싶은 거예요. 게다가 이번 사건은 서로가 가해자고 피해자입니다. 피가해가 섞여 있는 것을 뻔히 알면서 이번 사건에 대해서만 처벌하면, 들키지만 않으면 된다는 시그널을 주게 될 겁니다."

"지금 사법제도를 부정하는 건가요?"

"보완하자는 겁니다. 모든 제도는 만들어질 당시에는 최선이었겠지만 시간이 흐를수록 여러 가지 한계를 드러내죠. 그 한계를 보완하는 시스템을 만들고 싶습니다. 조금 더 진실에 가깝게 다가가려고 애쓰는 겁니다."

광길이 말하는 동안, 굳이 이렇게까지 해야 돼, 라고 투덜거리는 소리가 들렸다. 광길은 애써 그쪽을 바라보지 않았다.

"좋습니다. 대화모임이 금요일에 잡혀 있다고 하니, 성과가 있기를 바랍니다. 월요일에는 마무리하도록 할 테니 그렇게 아세요."

교감이 모두를 돌아보며 말했다.

광길은 입이 썼다. 굳이 이렇게까지 하는 이유는 그 대상이 아이들이기 때문이라는 걸 교사들도 모르지 않을 것이다. 어떤 경우는 피해자와 가해자가 뒤바뀌기도 하고 이번처럼 혼재되어 있기도 하다. 그런데도 눈에 보이는 사건만 다루면 반성과 뉘우침은 없고 오로지 처리로 끝난다. 굳이 이렇게까지 하지 않으면 폭력과 잘못된 문화가 점점 확산할 것이고 교사들도 폭력이 내재화된 아이들을 만나야 한다. 호미로 막을 일, 가래로도 막지 못할 수도 있다. 교사들도 모르지 않지만 오늘을 살기 바쁘다.

뒤통수가 불편한 상태로 교무실에 있던 광길은 학생회실로 갔다. 풀썩, 소파에 앉았다. 조금 전까지 아이들이 있었던 티가 났다. 광길이 앉은 자리에도 아직 온기가 남아 있다. 광길은 몸을 돌려 교실 여기저기를 둘러봤다. 아이들 냄새, 웃음소리, 까불던 흔적이 떠다니는 것 같다.

요즘 애들이 얼마나 무서운지 알아? 교육청 학생자치회 모임에서 한 교사가 말했다. 애들이 순진한 줄 알면 큰 오산이야. 좋게 대하면 좋게 끝날 거 같지? 절대 그렇지 않아. 정신 바짝 차려야 해. 웬만하면 경찰서로 넘겨버려. 교사가 깡패 새끼들 뒤치다꺼리까지 해야 돼?

광길도 무서운 아이들을 많이 접해봤다. 교사에게 식칼을 들고 덤비는 아이도 봤고, 부모가 깡패 조직에 애 등을 떠밀어 넣는 것도 봤다. 어느 구역에나 미친놈은 있다. 그런 것만 꼽자면 세상이 다 장르물이고 스릴러가 될 것이다. 미친놈에게만 주목하면 미친놈은 괴물이 되고 괴물은 좀비처럼 옆사람에게 전염된다. 그 고리를 끊으려면 보통의 사람이 나서야 한다. 보통의 사람이 가진 선의와 삶에 대한 성실함, 상호의존과 연대의식에 기대어 인류의 문명이 이루어져 왔음을 잊지 말아야 한다. 광길은 그런 보통의 사람들에게 보통의 교육을 하고 싶은 거다. 보통의 교육이지만 각자에게 주어진 몫만큼은 물러서지 않고 책임을 다하는 시민이 되는 교육, 보통의 교육이지만 인간의 불완전함을 자신의 친절로 메워가는 교육 말이다. 그것이 진짜 교육이니까.

원래 광길은 드라마나 영화도 피 터지는 복수가 이루어지는 것만 봤다. 악당이 처절하게 패배하는 것을 보면서 카타르시스를 느끼곤 했다. 빌런이나 초능력을 소재로 하는 경우는 그렇다 쳐도 학교폭력을 소재로 할 때도 힘세고 착한 누군가가 나타나서 나쁜 녀석들을 해치우는 걸로 끝난다. 아니면 직접 무술을 배워서 가해자를 응징하던가. 선악의 구분이 어찌나 분명한지 생김새부터 다르다. 그 얼마나 비현실적인가. 선악이 그렇게 명징하길 바라는 사람들의 마음을 이해는 한다. 어릴 때 선악이 분명한 옛이야기를 들려주는 것도 이유가 있으니까. 아이들이 세상을 안심하고 받아들이게 하기 위해서는 선은 언제나 행복해지고 악은 처단되어야 한다. 늑대는 배 터져 죽고, 마녀는 뜨거운 솥에 빠져 죽고, 착한 주인공은 오래오래 잘 살았습니다, 하면서.

광길도 그렇게 컸다. 사랑과 정의의 이름으로 너를 용서하지 않겠다, 외치는 요술봉 만화와 정의의 사나이 쾌걸 조로를 얼마나 좋아했는지. 어릴 때는 그런 명료한 메시지가 필요할지 몰라도, 어른이 되면서부터는 대안도 찾고 실천도 접해야 하지 않을까. 이야기 속에만 있는 안심 말고 진짜 안심할 수 있는 세상, 보통의 사람들이 좀더 넓은 안전망을 만들어가는 세상, 한 사람의 큰 힘보다 여러 사람의 작은 힘이 모여 조금씩 변하는 세상을 보여주어야 착한 사람들이 오래오래 잘 살 수 있다는 진짜 믿음이 생기지 않을까.

더군다나 요즘처럼 일상적 폭력, 은근한 왕따로 피 말려 죽이는 환경에서는 더욱더 보통사람들의 연대가 필요하다. 죽이지 않으면 내가 죽는 연쇄적 관계의 꼬리를 끊어내려면 평범하고 일반적인 다수가 일상적으로 연대해야 한다. 문제를 일으키는 몇 명에게 초점을 맞추다가는 교사들이 수업도 하지 않고 학교폭력대책 전담팀만 돌려야 할지도 모른다. 독사라는 별명의 학생주임이 힘을 잃고 학생 선도부가 사라지는 대신 학생인권조례가 생긴 것처럼 학교폭력에 대해서도 학생들 스스로 평화로운 교실을 만들어 갈 수 있는 환경을 조성하는 것이 더 현실적인 대책이다.

"선생님, 퇴근 안 하십니까?"

숙직 기사가 문을 열고 똑똑 두드렸다.

"아, 예. 지금 갑니다."

어느새 밖이 깜깜해져 있다. 숙직 기사가 아니었다면 하염없이 공상에 빠져 있을 뻔했다. 광길은 서둘러 가방을 메고 학생회실 불을 껐다. 뱃속에서 아우성치는 소리가 그제야 들렸다.

3.

장소는 성당으로 정해졌다. 마을 대화모임이니 이왕이면 장소도 학교보다 마을 어딘가에서 하는 것이 좋겠다는 것이 교장의 생각이었다. 신부님이 외국에서 갈등 조정을 해본 적이 있다며 큰 관심을 보였다고 한다. 다행히 피가해자 모두 종교나 성당에 대해 별 거부감이 없다고 했다. 그래도 광길은 조금 걱정이 되었다. 직접적인 관련자들 말고도 참여할 사람들이 있는데 종교 건물이라는 것이 걸림돌이 되면 안 될 것 같아 성당으로 답사를 갔다. 예정된 장소는 본관이 아닌 별관이라고 했다. 별관은 성당 정문과 거의 나란히 있는데 길에서 바로 건물로 들어갈 수 있는 쪽문이 따로 있다. 이 정도라면 접근성이 나쁘지 않을 것 같다.

쪽문을 열고 바로 왼쪽에 대화모임이 진행될 식당 겸 카페가 있다. 가운데 넓은 홀이 있고 안쪽에 작은 룸 공간이 몇 개 보였다. 광길은 바깥에서 안쪽이 보이지 않게 블라인드를 내릴 수 있는지, 조명이 너무 어둡지는 않은지, 집중력을 흐트릴 만한 요소가 있는지 빠짐없이 확인했다. 다행히 눈길을 끌 만한 것은 없다. 종교적 소품조차 거의 눈에 띄지 않았다.

카페를 지키는 봉사자도 대화모임에 참여할 예정이라고 했다. 그는 테이블 배치를 어떻게 하면 좋을지 물었다. 필요하다면 현재 있는 카페 테이블과 의자를 빼고 사무용으로 바꿀 수 있다고 했다. 광길은 성당의 주의 깊은 배려에 감사를 표하고 사무용으로 부탁했다. 앞쪽에 진행자석을 놓고 그 앞에 탁자 두 개를 나란히 마주 보게 배치해달라고 했다. 마주 보지만 서로의 간격을 많이 떨어뜨려 놓기로 했다. 피해자가 가해자들을 마주 볼 때 느낄 수 있는 심적 부담을 덜어주기 위해서다.

성당을 나오며 광길은 답사하길 잘했다고 생각했다. 대화모임에 참석할 사람들도 중요하지만 무엇보다 진행자인 자신이 심적으로 편안해야 한다. 사실 장소를 성당으로 잡은 게 지역유지들과 친분을 만들려는 교장의 설레발이 아닌가 약간 의심했다. 새로 온 교장은 대부분 그런 친분 쌓기용 행사를 원한다. 그동안 교장이 보인 행적으로는 그렇지 않을 거라 생각하지만 사람이란 겪어보지 않고서는 알 수 없지 않은가. 광길은 교장의 진정성을 의심한 것이 조금 미안해졌다.

대화모임은 방과 후에 진행되었다. 광길은 피가해자 아이들이 빠짐없이 참석하게 하려고 각각의 아이들에게 담당 선생을 붙였다. 피해자 아이는 상담 선생이, 가해자 아이들은 학생부 선생들이 맡았다. 사전모임을 하면서 아이들에게 진행방법을 세심하게 설명하고 동의를 받았다.

영미와 정화가 다른 학부모들과 함께 피가해자 부모들을 모시고 왔다. 학부모들은 스스로 피가해자 지원단이라는 이름을 붙였다. 피가해자 부모들이 자신의 심정을 잘 표현할 수 있도록 심적인 지원을 하겠다고 한다. 광길은 꼼꼼하게 준비한 학부모들에게 다시 한번 놀랐다. 판을 너무 키웠나 잠시 후회하기도 했지만 이제 어쩔 수 없다. 자신을 믿고 질문의 힘을 믿는 수밖에. 좋은 질문은 따뜻한 바람처럼 마음의 문을 열 것이다. 묵은 감정을 밖으로 내보내면 날것의 선한 마음이 빈 공간을 찾아 구석구석 스며들 것이다.

처음에는 관련 학생들과 사전 면담을 하면서 굉장히 낙담했다. 예상하지 못한 방향으로 이야기가 흘러갔다. 속상했겠다고 하면 아니라고, 상관없다고 답했다. 그 애가 싫었냐고 물으면 걔는 다른 애들도 다 싫어해요, 아마 자기도 자길 싫어할 걸요. 냉소적으로 답하니 어떻게 반성을 이끌어낼까 싶었다. 포기하고 싶은 마음을 세 번쯤 넘기고 나서야 아이들은 속을 내보였다. 두텁고도 단단한 방패 안에 어린 새가 바들바들 떨며 숨어 있었다.

특히 피해자는 자신의 피해를 부정했다. 아니, 정확하게 인식하기를 거부했다. 괜찮다고 말해야 일상으로 돌아갈 수 있을 것 같은 불안이 있는 거다. 앞으로도 같은 공간에서 지내야 하는 아이의 처지가 충분히 이해되었다. 또한 자신이 못나서 피해를 입었다는 낙인을 두려워했다. 지난 일, 별일 아닌 일로 치부하고 자신의 피해를 축소해야 덜 못나 보일 것 같아 자신의 아픔까지 외면했다.

질문 자체를 이해하지 못하는 경우도 많았다. 어떻게 하면 피해가 회복될지 묻는 질문이 특히 그랬다. 징계를 '받는다'는 것은 처벌권자가 따로 있다는 의미다. 잘못한 아이든 피해를 입은 아이든 가만히 누군가의 처분만 기다리면 됐다. 그런데 갑자기 스스로 그 방법을 말해보라고 하니 당황할 수밖에 없는 것이다.

부모도 마찬가지다. 부모들은 아이에게 닥친 문제를 받아들이는 것만도 벅차다. 아이에게 필요한 것은 다 해보겠다는 마음에 대화모임이건 뭐건 동의하지만, 지금까지 경험해보지 못한 다른 방식을 이해하고 받아들일 여유까지는 없다. 보통 부모는 아이들보다 더 감정적으로 격한 상태에 놓이게 된다. 당사자이면서 동시에 당사자가 아니기 때문이다. 직접 겪은 것이 아니니 상황을 잘 모르고, 속상하고 화가 나지만 본인이 아니라 아이가 돌아가야 할 사회이니 무조건 화를 낼 수도 없다. 가끔 내가 다 해결해줄게, 큰소리치는 부모도 있는데 아이가 속한 사회에서 일어난 일을 부모가 어떻게 해결해줄 수 있겠는가. 게다가 겉으로는 아이를 위하는 듯 보이지만, 사실은 자신의 감정과 자존심이 더 중요한 경우가 많다. 그럴 때 교사가 할 수 있는 일은 아이가 부모를 잘 이겨가도록 응원하는 것밖에 없다. 가장 어려운 경우다.

그런 의미에서 피가해자 학부모지원단은 정말 좋은 아이디어다. 같은 부모의 마음으로 공감해주고 함께 답을 찾아가 준다면 그보다 힘이 되는 일은 없을 것이다. 교사 입장에서는 절대 할 수 없는 부분이기도 하다. 광길은 다이어리 한쪽에 학생지원단 만들기, 라고 적었다. 학부모지원단이 있으면 학생지원단도 있는 게 좋지 않겠는가.

대화모임을 10분 앞두고 교장이 왔다. 초등 교장과 교사 두 명, 마을 주민 세 명, 성당의 신부님과 신도 두 명이 함께 왔다. 답사할 때 만났던 봉사자도 뒤따라 들어왔다. 교장은 광길에게 인사를 시키는 등 부산을 떨지 않았다. 조용히 손님들과 뒷자리에 가서 앉았다. 봉사자가 광길에게 눈인사를 했다.

광길은 학생부 아이들은 언제 오려나 고개를 빼고 내다봤다. 기다렸다는 듯 아이들이 우르르 들어왔다. 광길은 학생부 아이들을 특별히 초대했다. 대화모임을 꼭 보여주고 싶었다. 학생기자도 왔다. 신문 동아리에서 취재 요청이 와서 흔쾌히 수락했다.

이들 모두를 임시로 마을위원이라 부르기로 했다. 먼저 교장이 간단히 인사말을 했다.

"우리 마을의 아이들, 수현이, 승아, 지민, 희정이를 위해 시간을 내어주셔서 감사합니다. 마음을 모으고 뜻을 모아 우리 마을의 아이들이 원래의 모습으로 회복할 수 있도록 숙고하는 시간을 가져봅시다."

이제 광길의 차례다. 광길은 진행자 자리에 앉으면서 가능한 한 좌중을 돌아보지 않았다. 오로지 바로 앞에 앉은 네 아이만 바라봤다. 최대한 집중해야 한다. 아이들 마음의 끈이 서로 연결될 수 있도록 긍정적 변화의 실마리를 찾아내야 한다. 광길은 등을 꼿꼿이 세웠다.

"지금부터 마을위원회 대화모임을 시작하겠습니다. 참석해주신 모든 분께 감사드립니다. 미리 말씀드리지만 이곳에서 나눈 이야기는 학교폭력대책위원회에 영향을 미치지 못합니다. 그럼에도 이 모임을 하는 이유는 좀더 진실에 가까이 다가가기 위해서입니다. 결과의 진실이 아니라 각자의 마음속에서 일어나는 진실 말입니다. 벌을 덜받기 위해 자신을 변호하던 나를 내려놓고 자신의 내부에서 무슨 일이 일어나고 있는지 들여다보는 시간이 되기를 바랍니다. 동시에 상대가 하는 말에도 귀 기울여주시기 바랍니다. 이 자리는 서로 잘못을 들추어내기 위한 자리가 아니라 깨어진 우리 관계를 다시 이어가기 위한 자리임을 잊지 마시길 바랍니다. 여기서 깨어진 관계란 앞에 앉은 관련 학생만을 말하는 것이 아닙니다. 우리 모두, 이 자리에 계신 여러분 모두가 이 소식을 들으면서 느꼈을

상심과 우려, 걱정과 근심까지 포함하는 말입니다.

어떤 일이 있었는지 브리핑은 따로 하지 않습니다. 사건 자체를 선정적으로 소문내고 재생산하는 것을 막기 위해서입니다. 오늘의 대화모임은 징계를 정하는 데 목적이 있는 것이 아니니 마을위원님들은 폭력에 대한 구체적 내용보다 지금 어떤 피해가 있는지, 이 아이들에게 필요한 것이 무엇인지, 우리가 도와줄 수 있는 것이 무엇일지에 대해 마음을 두셨으면 합니다. 마지막으로 이곳에서 나눈 이야기는 모두 비밀을 지켜줄 것을 부탁드립니다. 허심탄회한 마음의 소리는 바깥을 향한 것이 아니니까요."

광길의 말에 헛기침하던 소리, 의자가 삐거덕거리는 소리, 옷자락이 스치던 소리들이 차차 잦아들었다.

광길은 연수 때 했던 아이스브레이킹 시간이 떠올랐다. 상대방이 한 말을 그대로 되풀이해서 말하는 단순한 게임이었다. 광길은 상대방의 이야기를 주의 깊게 들었고 이해한 대로 다시 말했다. 하지만 번번이 상대는 자신이 한 말과 조금 다르다고 했다. 역할을 서로 바꾸어 봐도 마찬가지였다. 비슷하기는 하지만 상대가 한 말의 핵심과는 조금씩 비껴 있었다. 말이 통한다고 해서 소통이 되는 것은 아니다. 의외로 우리는 소통에 능하지 않다. 갈등 상태에서는 더 말할 것도 없다. 피해자든 가해자든 상대방이 이야기하면 대부분 그건 사실이 아니라고 항의한다. 자신의 죄를 줄이기 위해서이기도 하겠지만, 자신이 인지한 '사실'과 다르기 때문이다. 각자 자신이 생각하는 사실이 진실이라고 우긴다. 우리는 그동안 무엇을 듣고 얼마만큼 이해하며 살았을까.

광길은 사전모임에서 아이들 이야기를 충분히 듣고 존중해주려고 애썼다. 진행자를 신뢰해야 아이들은 마음을 연다. 마음을 연다는 것은 자신의 말이 왜곡되지 않고 받아들여질 거라 믿는 것이다. 상대방의 말을 잘 듣고 그 순간 일어나는 자신의 감정에 마음을 기울이고, 자신이 하고 싶은 말이 아니라 최대한 질문에 충실하게 답해달라고 간곡하게 부탁했다. 대화모임에서 우리가 얻어야 할 것은 상대가 얼마나 다르게 생각하는지를 찾는 것이다. 우리가 다르다는 사실만이 진실이다.

제6장

부서진 말

1.

"수현에게 먼저 질문할게요. 그날 어떤 일이 있었나요?"

광길의 질문에 수현은 긴 한숨을 먼저 토해냈다.

"애들이랑 급식을 먹는데 승아가 저한테 콩을 줬어요. 제가 싫다고 다시 줬는데 더럽다고 화를 냈어요. 희정이가 저한테 콩을 던졌고 지민이도 멸치를 던졌어요."

"그날을 떠올리면 어떤 마음이 들어요?"

수현은 다시 한숨을 쉬고는 어떤 마음, 어떤 마음, 하고 한참을 되뇌었다.

"엎어진 제 급식판이 자꾸 떠올라요. 물끄러미 내려다보는 제 뒤통수랑요. 제 뒤통수를 제가 본 것처럼요. 그게 너무 짜증나요."

아이들이 찍은 휴대폰 사진에서 수현이는 콩나물 가락이 엉겨붙은 손으로 김칫국물이 묻은 교복을 닦아내고 있었다. 광길은 두 눈을 질끈 감았다 떴다.

"그게 일종의 신호라면서요?"

광길의 말에 수현은 멈칫했다. 승아가 손톱을 물어뜯기 시작했다.

"사전모임 때 그런 말을 했지요. 그게 지금부터 수현을 왕따하자는 신호가 되고 길게는 한 달, 짧게는 두 주 정도 수현을 왕따하게 된다고."

누군가가 내려놓은 펜이 또르르 굴러갔다. 이어 펜이 탁자 아래로 툭 떨어졌다.

"수현도 친구들을 그렇게 왕따해왔다고 했지요?"

"네…."

흐읍, 숨을 들이켜는 소리가 크게 울렸다.

"친구들을 왕따할 때 수현은 어떤 마음이었나요?"

"미칠 거 같아요. 그만큼 당할 거 생각하면. 그렇다고 대충 하면 주기가 빨라지니까…."

"어떤 주기를 말하는 거지요?"

"제 차례가 다시 오는 거요."

참았던 숨이 터져 나왔다. 아직 수현의 말을 파악하지

못한 사람들이 옆사람을 돌아봤지만 아무도 입을 열지 않았다.

"그러니까 대충 하면 바로 차례가 오고, 그렇지 않으면 순번대로 돌아온다는 거지요? 자기 차례가 오는 것을 수현은 감지하겠네요?"

"네…."

"그때 어떤 느낌인가요?"

"온몸에서 피가 빠져나가는 거 같아요. 당하는 애가 불쌍하다가 곧 내가 당할 거 생각하면 더 세게 쏟아내고 싶다가 막, 아… 지난주 내내 지민이한테 제가 미친 것처럼 굴었어요."

"수현이 지목되기 전에 지민이가 왕따였던 거지요?"

"네…."

지민 어머니의 어깨가 푸르르 떨렸다. 옆에 앉은 학부모지원단이 가만히 지민 어머니 어깨를 감쌌다.

"이번에는 지민에게 물을게요. 수현이 지목되던 순간 어떤 마음이었어요?"

지민은 손가락으로 책상 귀퉁이를 문질렀다. 무언가 지워야 할 게 있는 것처럼 한 군데만 집요하게 문질러댔다. 광길이 지민을 다시 한번 부르고 나서야 손가락이 멈췄다.

"31일째였어요, 제가 당한 게. 드디어 끝났다는 생각 말고 아무 생각도 안 났어요. 막 치밀어올라서 이번에는 수현이가 불쌍하다는 생각이 하나도 안 들었어요."

"그전에는 수현이가 불쌍했나요? 지민이 다른 사람을 왕따했을 때 어떤 마음이었는지 말해주겠어요?"

"진짜 피가 마르니까요. 피가 거꾸로 솟았다가 다시 피가 말라요. 한순간도 편한 적 없어요."

지민은 고개를 숙이다 못해 책상에 처박기 직전이었다.

정화는 아이들이 가여웠다. 잘못 맺어진 관계를 어찌 풀지 모르는 아이들이 저 아이들만은 아닐 것이다. 쯧쯧 혀를 차다가, 순간 정신이 번쩍 들었다. 가해자를 이해하는 것은 필요하지만 그럴 수밖에 없었다는 핑계를 만들어 주어서는 안 된다. 누구나 그럴 만한 환경에 놓일 수는 있지만 누구나 왕따를 하고 폭력을 휘두르지는 않는다. 폭력은 선택이다. 어떤 아픔이 있었다 해도 잘못된 선택에 대한 책임은 본인에게 있다. 아픔을 내세워 잘못을 눙치지 않는 것, 피해자의 아픔에 집중하는 것. 그것을 놓쳐서는 안 된다.

"희정에게 물을게요. 승아가 수현에게 먼저 콩을 줬는데 왜 수현에게 콩을 던졌나요?"

"승아가 저한테 수현이 콩을 줬거든요. 그래서 다시 수현이에게 준 거예요."

"희정이는 원래 대화모임을 하고 싶지 않다고 했지요. 그런데 마음을 바꾼 이유가 뭔지 말해줄 수 있어요?"

희정이 어금니를 꽉 깨물었다. 책상을 문지르는 지민이의 손가락을 따라 희정의 눈동자가 이리저리 움직였다. 천천히 미간이 찌푸려지며 지민이 손을 탁 잡아챘다. 지민이 희정의 손을 뿌리치고 손을 무릎 위로 올렸다. 희정은 여전히 지민의 손을 바라보면서 입을 열었다.

"너무 지긋지긋해서요. 잠깐 좀 멈춰보고 싶었어요. 근데 수현이가 자기도 왕따한 걸 말할 줄은 몰랐어요. 우리만 징계받으면 그만인데."

"희정이도 당한 적이 있는데 징계받으면 억울하지 않나요?"

"억울해 봤자죠. 어차피 걸린 거니까요. 지민이도 벌써 몇 번이나 걸렸고 그냥 징계받고 끝났어요. 매번 그래요. 진짜는 다 교묘하게 빠져나가는 거죠. 너무 지겨우니까, 답답하니까 말하고는 있지만, 뭐…."

희정의 표정을 보면서 정화는 조금 걱정이 되었다. 이곳에 들어섰을 때의 표정과는 사뭇 달라져 있었다. 처음

174

에는 긴장한 표정이 역력했는데 지금은 몹시 지쳐 보였다. 사건이 일어난 후부터 지금까지 저 아이들은 가면을 쓰고 사느라 힘들었을 것이다. 괜찮은 척, 실수인 척, 무심한 척. 아무도 괜찮지 않고 실수가 아니며 무심하지 않은데도. 멈추지 않으면 끝나지 않을 필연의 일인데도.

어른들이 처벌하는 데 마음을 쓰는 동안 피해 학생은 자책을 하느라 자신의 아픔을 들여다보지 못하고, 가해 학생은 자신에게 가해질 처벌을 줄이는 데 골몰하느라 남을 탓하고 용서를 구하는 일을 소홀히 한다. 과거를 후회하고 미래를 대비하는 동안 정작 지금 현재를 놓친다. 대화모임은 그 가면을 벗기고 지금 현재의 진짜 얼굴과 진짜 마음을 서로 확인하는 시간이 되어야 한다. 하지만 아이들은 마음에 균열이 일어나다가도 금방 외면해버린다. 생각보다 많은 어른이 앞에 있으니 위압감도 상당할 것이다.

"승아에게 물을게요. 그날 왜 수현을 왕따했나요?"

손톱을 물어뜯던 승아가 손을 빼고 허리를 세웠다.

"방금 들으신 대로 수현이 차례였을 뿐입니다."

"왜 그 순간이 수현이 차례가 된 거죠?"

"지민이가 오래 당했어요."

광길은 천천히 감정을 눌러 말했지만, 정화는 광길이 당황한 게 느껴졌다. 광길을 쳐다보는 승아의 눈은 광길 너머 어딘가를 향해 있다.

"그걸 왜 승아가 정하는 건지 묻는 겁니다."

광길의 물음에 승아는 한참 말이 없었다. 광길이 뭔가 말을 더 보태려고 입을 떼는 순간 승아가 광길의 눈을 똑바로 쳐다보며 대답했다.

"수현이가 정할 때도 있어요."

"수현이를 왕따하기로 마음먹을 때, 어떤 마음이 들었나요?"

"제가 정한 게 아니고 얘들이 한 거예요."

승아는 지민과 희정을 돌아보며 말했다.

"승아가 왕따로 지목당할 때는 어떤 마음이 들었어요?"

"……."

"왕따가 되었을 때 마음이 어땠는지 말해줄 수 있나요?"

"……."

"멈출 수도 있지 않았을까요?"

"제가요? 왜요?"

정화는 아쉬웠다. 흐름을 바꿔주어야 한다. 전환을 일으킬 수 있는 질문이 필요하다. 적절한 때 질문의 대상을 바꿔줄 필요도 있다. 대화모임을 처음 이끌어가는 선생님도 진땀이 나겠지만 보고 있는 정화도 손에 땀이 나서 주르르 흐를 지경이다. 누가 진행을 한다 해도 아이들과의 대화에 집중하면서 동시에 전체적인 흐름까지 보는 것은 쉽지 않을 것이다. 변화의 지점을 알려줄 사람이 있어야 한다. 정화는 휴대폰 메모창을 열어 보조 진행자, 라고 적었다.

마침 광길이 뒤에 앉은 부모들에게 질문을 던졌다.

"수현 어머니께 여쭙겠습니다. 수현이 이번에 피해자인데 가해한 사실까지 말하기로 했어요. 그 부분에 대해 동의하시면서 어떤 마음이 드셨는지요?"

"수현이 이야기 듣고 굳이 지금 이 얘기를 꺼내는 게 맞나 고민한 것은 사실이에요. 근데 무엇보다 수현이가 더 이상 못 견디겠다고 하니까요. 그날이 수현이는 또다시 시작되는 날이잖아요. 저 애들 말에 의하면 한 달 동안 계속된다니, 그걸, 에휴… 어떻게 버텨요."

수현 어머니 말이 끝나기도 전에 수현이 울음을 터트렸다. 수현 어머니는 그런 수현을 보면서 가슴을 두드리며 뭐라고 계속 말을 하는데 알아들을 수가 없었다. 사람들은 주머니에 손을 넣거나 무릎을 쓸어내리는 등 헛손질을 했다.

수현이 흐느끼는 소리가 점차 잦아들자 광길이 물었다.

"수현이 괜찮으면 이야기해줄 수 있어요? 이번에 피해자인데, 왜 가해한 사실까지 말했는지."

수현은 눈물을 닦고는 광길에게 질문이 무엇인지 다시 물었다.

"그날 제가 당한 건 앞으로 한 달 동안 당할 거에 비하면 아무것도 아니에요. 그것도 끔찍하지만 바로 그날 오전까지 제가 지민이에게 한 짓이 있는데 제가 피해자가 되고 지민이가 가해자가 되는 건, 진짜 아닌 거 같았어요. 저희가 잘못한 건 맞지만, 저 애들이 힘들게 하기도 했지만 그래도 저랑 놀아준 건 쟤네들인데…."

수현 어머니가 다시 뭐라고 울음 섞인 소리로 웅얼거렸다. 광길이 손짓으로 수현 어머니를 가리키며 기다려주겠다는 표현을 했다. 수현 어머니는 물 한잔을 청해 벌컥벌컥 마시고는 벌떡 일어났다.

"수현이가 이 자리를 갖겠다고 했을 때 저는 반대했어요. 애들한테 사과받고 적당히 끝내려고요. 근데 수현이가 저 말을 하더라고요, 그래도 친구라고. 아이고, 정말, 제 마음 같아서는 친구고 뭐고 다시 안 보고 싶지만 애들은 그게 아니잖아요. 친구가 제일 중요한 시기니까요. 그게 사람이 미치고 팔짝 뛸 노릇이에요."

수현 어머니가 발을 구르며 울부짖었다. 광길은 좀더 기다렸다. 할 말을 마저 하기를 기다렸지만 수현 어머니는 그냥 자리에 털썩 앉았다. 광길이 다시 물었다.

"이 일이 어떻게 마무리되면 좋을지, 바람이 있다면 말씀해주세요."

"바라는 게 뭐가 있겠어요. 이제 그냥 무마하기 위해서 하는 사과나 용서 같은 거 하지 말고 진짜 속마음을 털어놨으면 좋겠어요. 누가 그러대요. 이제 저 애들 가해자로 만들어서 두고두고 괴롭히면서 애 병원 다니고 상담 다니고 돈도 뜯어낼 수 있다고. 돈 그까짓 게 애 학창시절보다 소중한 부모가 어디 있답니까. 나도 쟤네들 일방적으로 괴롭힐 수 있다면 그렇게 하고 싶네요. 하지만 우리 수현이도 똑같이 괴롭혔고 괴롭다는 걸 아니까, 그래도 저 애들을 친구라고 여기니까 속이 터지지만 그래도 지금이라도 바로잡아야죠."

이제 좀 진정이 된 듯하던 수현 어머니가 다시 울먹거렸다. 정화는 수현 어머니의 마음이 충분히 이해가 갔다. 다독이고 감추려고 아무리 애써도 비어져 나오는 참담함 그대로이리라.

"이번에는 조금 다른 피해를 말씀하시는 분이 계셔서 모셔보겠습니다. 같은 반 김하늘 학생입니다."

좌중 속에서 한 학생이 벌떡 일어났다. 정화는 그러잖아도 그 학생이 궁금했다. 학생회와 학생기자들은 다 같이 모여 앉았는데 혼자만 따로 앉아 있었다. 누군가의 가족인가 했다.

"안녕하세요. 저는 수현이나 다른 애들만큼은 아니지만 그래도 이런 피해도 있다는 말씀 드리고 싶어서 왔어요. 저희는 수업을 모둠별로 많이 해요. 어쩌다 보니 제가 수현이랑 승아가 있는 모둠 둘 다 참여하고 있어요. 양쪽 다 진행이 안 돼요. 서로 눈치 보게 되고요. 정말 신경 쓰여요. 그게 싫어서 어떻게든 말을 붙이다 보니까, 제가 양쪽에서 스파이 아니냐는 오해도 받았어요. 근데 저는 쟤네들이랑 거의 안 친했고요. 그래서 화해, 용서 이런 거에 전혀 관심도 없어요. 그냥 빨리 징계하고 끝나기만을 바라요. 근데 승아가 다른 반으로 가는 것도 아니고, 아, 그 걸 바란다는 뜻은 아닙니다. 암튼 징계라고 해봐야 사과문이나 봉사 같은 거겠죠. 그걸 하더라도 수업도 계속 받고 모둠 수업도 계속하겠죠. 그럼 우리는 계속 눈치를 봐야 하겠죠. 그런 게 너무 싫어요. 사실 모둠이 아니더라도

180

학교폭력이 일어나면 교실에 흐르는 어떤 불편한 기류가 있어요. 그게 짧게는 몇 주씩 걸리고 길면 1년 내내 그러거든요. 이번에는 이런 모임까지 있으니까 더 오래 걸리는 게 아닌가 걱정도 되고요. 아무튼 좀 빨리 해결이 되면 좋겠어요. 이렇게 신경 쓰이게 하는 것도 명백한 피해가 아닌가 싶어서 말씀드렸습니다."

김하늘은 마치 외워 온 듯이 빠르게 말을 쏟아냈다.

"감사합니다. 김하늘 학생에게 한 가지 물어보고 싶은 게 있어요. 이번 수현이 일처럼 서로 왕따를 돌아가면서 하는 친구들이 또 있나요?"

"네. 많죠. 사실 그 얘기를 상담 선생님한테 했다가 제가 여기까지 오게 된 건데요. 그런 애들이 점점 많아지고 있죠. 근데, 보시면 아시겠지만, 서로를 왕따한다고 하지만 거기도 서열이 있어요. 제대로 갈구지 않으면 바로 서열이 떨어져요. 그게 더 웃기는 거죠."

여기저기서 웅성거리는 소리가 들렸다. 말소리라고는 안 들리던 지금까지와는 사뭇 다른 분위기가 되었다. 예상치 못한 반응에 김하늘의 눈이 튀어나올 것처럼 커졌다. 광길은 사람들의 소란을 잠시 지켜보다가 잦아들 기미가 보이지 않자 그대로 질문을 이어갔다.

"언제부터 그런 거 같아요?"

"글쎄요. 제 기억으로는, 초등학교 6학년 때부터인 거 같아요. 근데 그때는 막 심하진 않았어요. 중학교 들어오면서부터는 거의 다 그러는 거 같아요. 교실에서 딱 보면 그룹이 다 보이고 누가 시키고 누가 밟히는지 알죠. 우리 학교같이 초등학교부터 중학교까지 쭉 이어지는 경우에는 더 벗어날 길이 없어요. 저는 스따라, 아니 아싸라, 아니 아니, 저는 원래 혼자 지내는 편이라서 딱히 눈치 볼 건 없는데, 그래도 뭐, 언제 찍힐까 조마조마하죠. 아, 역시 괜히 왔어요. 제가 뭔가 분란을 일으킨 거 같네요."

"아니에요. 많은 도움이 됐습니다. 용기 내어 참석해주어서 고맙습니다. 이번에는 또 다른 피해자를 모시겠습니다. 앞으로 나오셔서 어떤 피해가 있으셨는지 말씀해주세요."

광길은 뒷문 쪽을 향해 말했다. 사람들의 고개가 광길의 눈길을 따라 움직였다. 문 앞에 서 있던 한 여자가 앞쪽으로 걸어 나왔다. 저분이구나, 정화는 짐작했다. 영미가 정말 특별한 분을 모셨다고 했다. 이번 대화모임이 마을로 확장될 수밖에 없는 결정적 이유가 되었을 거라고 했다. 헐렁한 검정 티셔츠에 단정한 단발을 한 여자는 뭔가 언밸런스하게 보였다.

"안녕하세요. 박민성이라고 합니다. 작년에, 저희 아이가 비슷한 일을, 겪었습니다. 아이가 특별한 일 없이 갑자기, 우울해했습니다. 아프다고 하고, 학교에 가지 않으려고 거짓말도 하고. 알고 보니 돌아가면서, 왕따가, 되어야 했습니다."

여자는 차분한 목소리로 말했지만 자주 말을 멈추며 겨우겨우 말을 이었다.

"가장 친한 친구가 서열 1위였고 우리 애를, 서열 2위 자리를, 유지하도록 괴롭히고 있었습니다. 저는 학교에 아무 문제 제기도 못 했습니다. 졸업할 때까지 꽤 긴 시간 체험학습신청을 내었고, 지금은 미국에 있는 이모네로 보냈습니다. 그런데 그런 일이, 또 있다는 말에, 제가, 가슴이 철렁했습니다. 다행히 학교가 나서주었다고 하고, 저와는 달리 학생들과 부모들까지 다 함께해주니 제발, 잘 해결되면 좋겠습니다. 저 아이들이 정상적인 관계를 맺도록 도와주세요. 저도 힘을 보태겠습니다. 그래야 제 상처가, 조금은, 아물 거 같아요."

정화는 찢어지고 벌어진 상처를 보는 것 같아서 숨을 몰아쉬었다. 이런 자리가 아니라면 끌어안고 같이 울고 싶은 마음이었다.

"이 자리에 나와주셔서 정말 감사합니다. 끝까지 노력하겠습니다. 다시 희정에게 물을게요. 새로 알게 된 사실이나 더 하고 싶은 말이 있나요?"

"제가 아마도 서열 2위일 거예요."

희정은 차가운 표정으로 말했다. 희정의 말에 승아의 눈빛이 날카로워졌다.

"언제부터 이런 관계가 계속되었어요?"

희정이 고개를 들어 광길을 바라봤다. 커다란 눈에 금방이라도 쏟아질 듯 눈물이 차올랐다.

"초등학교 5학년 2학기 체험학습하러 평화기념관에 간 날이었어요. 선생님이 저희한테 수현이를 잘 돌봐주라고 했어요. 남자애들이 수현이를 놀리는 일이 좀 있었거든요. 승아가 저한테 너라면 어떨 거 같아? 하면서 장난처럼 시작했는데…."

희정이 갑자기 폭포수처럼 말을 쏟아냈고, 다시 뚝 멈췄다. 허리를 곧추세우고 있던 승아가 다시 손톱을 물어뜯었다. 옆에 있던 지민이 빠르게 책상을 문지르기 시작했다. 수현이 승아와 희정을 번갈아 보며 입술을 깨물었다. 광길이 뭔가 말을 하려다 멈추고는 다이어리를 한참 내려다보았다.

"지민에게 물을게요. 하고 싶은 이야기가 있나요?"

광길이 자신을 향하자 지민은 울음을 터트렸다.

광길은 지민 어머니에게 물었다.

"지민 어머님. 지민이에게 해주고 싶은 말씀이 있으면 해주세요."

"아이구, 이게 당최 무슨 소린지. 지민아. 뭐든지 다 털어놓자. 응? 이대로는 네가 너무 힘들어서 안 돼. 아니, 애가 그동안 뭔가 이상했어요. 저도 눈치가 있으니까 이번 일이 일어나고 아이를 좀 닦달해서 물어봤는데 그때는 이런 말 없었어요. 정말 어이가 없기도 하고 기가 막히기도 하고, 아이에게 무심했던 저한테 화가 나네요."

"희정 아버님. 지금 어떤 마음이신지요?"

"이게 참, 애들끼리 좀 투닥거린다고 이렇게까지 해야 하나 싶었는데 얘기 들어보니 할 말이 없습니다. 여기 계신 분들 뵙기가 참 부끄럽습니다. 어쩌다가 일이 이렇게 되었는지, 정말 죄송합니다."

"승아 어머님. 하고 싶은 말씀 있으시면 해주세요."

"아… 정말 죄송합니다. 입이 열 개라도 무슨 할 말이 있겠어요. 다 제 잘못입니다. 자식을 잘못 키웠어요. 수현

아. 미안하다. 아줌마가 대신 사과할게. 지민아, 희정아,
미안해."

광길은 빠르게 진행해나갔다.

"승아에게 묻습니다. 더 하고 싶은 말이 있다면 해주겠
어요?"

"음… 그냥 좀 다툰 거라고 생각했는데, 그게 아니라는
거요."

"조금 더 자세히 말해줄 수 있어요?"

"어… 왜 이렇게 되었는지…."

그때였다. 뒷자리에 앉아 있던 승아 아버지가 벌떡 일
어나 앞으로 걸어 나갔다. 순간 승아 아버지만 빼고 다들
얼음처럼 굳었다. 승아는 아직 눈치채지 못하고 있었다.
승아 아버지가 승아 귀에 대고 뭐라고 말하자 그제야 놀
라 아버지를 바라봤다. 승아가 천천히 고개를 저었다. 승
아 아버지가 승아 어깨를 잡았다. 승아는 다시 아버지 귀
에 대고 뭐라고 말했다. 승아 아버지는 승아 팔을 잡고 일
으켜 세우려고 했다. 승아는 버텼다. 승아 어머니가 비틀
거리며 승아 아버지에게 다가갔다. 뒤따라 희정 아버지가
쫓아가 승아 아버지에게 잠깐 밖에서 얘기 좀 하자고 팔
을 잡았다. 승아 아버지는 팔을 뿌리치고 승아 옆에 쭈그

리고 앉았다. 승아와 눈을 마주치며 계속 작은 소리로 말했다. 승아의 고개가 점점 내려갔다.

　말없이 지켜보던 광길이 모두를 향해 말했다.

　"잠시 휴정하겠습니다."

2.

휴정 상태에서도 승아는 자리에서 일어나지 않았다. 승아 아버지는 승아를 안아 일으키려 했다. 영미와 교장이 말려봤지만 승아 아버지는 들은 체도 하지 않았다. 승아 어머니가 울면서 승아 아버지에게 뭐라고 말하자 승아 아버지가 버럭 소리를 질렀다.

"그만해! 어미라는 사람이 자식을 죽을 죄인을 만들고 그래!"

정화는 자리에 선 채 그들을 지켜보았다. 한 달 전 자신의 모습과 다르지 않았다. 멀지도 않은 과거가 흑백사진처럼 눈앞에서 펼쳐졌다. 잘못을 인정하면 돌이킬 수 없을 것 같았다. 직면하고 용서를 비는 것이 돌아갈 길임을 꿈에도 몰랐다. 자신의 눈을 가리고 아이 눈을 가려주면 세상이 모를 줄 알았다. 도언은 그때 진심으로 후회하고 반성하지 않았다. 모면하는 법을 배우고, 엄마의 야단을 피하기 위해 악어의 눈물을 흘렸다. 그래서 더욱 승아 아버지를 말리고 싶지만, 승아 아버지는 지금 그 누구의 말도 귀에 들어오지 않을 것이다. 벼랑 끝에 선 심정일 것이다. 하지만 진짜 벼랑 끝에 서면 아이를 안전하게 데리고 나올 수 없다. 자신이 먼저 발끝을 비틀어 방향을 바꾸어 내야 한다. 아무도 그것을 대신해 줄 수 없다. 잘못하면 함께 낭떠러지로 떨어진다.

대화모임 내내 승아의 얼굴이 계속 변하는 것을 보았다. 감정을 일으키는 것은 특별한 말이나 상황이 아니다. 진심이 전달되는 순간이다. 아버지가 막아서지 않았더라면 승아는 가면을 벗어던졌을 것이다. 승아는 지금 얼마나 혼란스러울까. 정화는 승아가 아버지를 이겨내기를 바랐다. 자기 자신과의 대면을 용기 있게 시작하기를 간절히 빌었다. 오로지 승아 자신만이 스스로를 구원할 수 있다. 그렇게 생각하면서도 동시에 정화는 무력감을 느꼈다. 진정 도와줄 수 있는 게 없을까. 승아가 버틸 수 있도록 건넬 지푸라기 같은 거라도 없을까. 생각할수록 아무

것도 없다는 확신이 더 커져갔다. 절망스럽게도.

승아는 고개를 숙인 채 이따금 아버지의 말에 고개를 끄덕이거나 흔들었다. 그때 나방 한 마리가 날아들었다. 길게 늘어진 전등 여기저기를 날아다니며 부딪쳤다. 타닥 타닥 소리와 함께 파닥파닥 날갯짓 소리가 났다. 길고 어두운 그림자가 허공에 그어졌다. 승아 얼굴에 검은 형상이 드리운 순간, 승아의 눈이 아버지와 마주쳤다. 승아 아버지는 고개를 끄덕이며 팔을 잡았고 승아는 나방을 힐끗 쳐다봤다. 그리고 굽히고 있던 허리를 쭉 펴더니 아버지를 따라나섰다. 흘러내린 머리카락을 쓰다듬으며 드러난 얼굴에는 벌써 무심함이 덮여 있었다.

승아가 가버리자 여기저기서 한숨 소리가 들려왔다. 다들 패잔병처럼 어깨를 늘어뜨렸다. 정화는 어쩔 수 없다고 생각하면서도 후회가 물밀듯이 밀려왔다. 할 수 있는 게 아무것도 없었어도 어떻게든 말려야 했다. 가만히 선 채로 승아를 보내주다니, 똥멍청이 같으니라고. 발을 구르며 후회했다. 하지만 어떻게 했어야 하는지 여전히 알 수가 없다. 두고두고 오늘 이 순간을 잊지 못할 것이다.

지민과 희정의 부모는 아이들과 얘기 끝에 대화모임을 계속하기로 했다. 다행히 아무도 승아 아버지의 일을 문제 삼지 않았다. 사실 조금은 예상했던 일이기도 했다. 승아 아버지는 끝까지 대화모임을 반대했다. 승아가 걱정 말라며 아버지를 설득했다. 어쩌면 다른 분들도 짐작을 했기에 지켜만 보았던 것 같다. 하긴 지켜보지 않으면 어 쩔 것인가. 저토록 완강하게 자식의 참모습을 받아들이지 못하는데.

"한번 깨어진 그릇은 원래대로 되돌릴 수 없습니다. 땜 질을 해봐야 자국이 남게 마련이죠. 하지만 부러진 뼈는 다시 붙이면 더 튼튼하게 붙는다고 합니다. 여기 계신 모 든 분은 아마 땜질 자국이 남는 관계가 아니라 뼈처럼 더 튼튼하게 붙는 관계로 회복되기를 원하시리라고 믿습니 다. 그러려면 다시 잘 지내고 싶은 서로의 마음이 제대로 전달되고, 또 잘못된 관계를 만드는 요소들을 개선해나가 야 합니다. 이를 위해 어떤 것들이 필요한지 의견을 주시 기 바랍니다."

다시 대화모임이 시작되면서 광길이 말했다. 어수선해 진 분위기에서 누가 의견을 낼 수 있을까 의구심이 들었 다. 그런데 여기저기서 손을 들었다. 광길의 얼굴이 눈에 띄게 밝아졌다.

"관계가 다시 잘 형성될 때까지 일정 기간 어른들이 관심의 끈을 놓지 말았으면 좋겠습니다."

"친구들과 관계를 맺는 법을 새롭게 배울 기회를 가져야 할 것 같습니다."

"아이들 사이에 이런 위계와 왕따가 이어지는 동안 어른들은 뭘 했나 참 부끄럽습니다. 어쩌면 우리가 은연중에 그런 문화를 허용한 것은 아닌지 돌아봤으면 좋겠습니다. 동등한 관계 형성을 위한 토론회도 가졌으면 좋겠습니다."

"저는 저 아이들이 정말 미안한지 잘 모르겠습니다. 뻔뻔하게 고개를 쳐들고 있는 모습에 기가 질리네요. 다시 친해지는 게 가능한가 싶어요. 그런 마음이 없다면 억지로 친하게 하는 것보다 적당한 거리를 유지하는 것이 낫지 않을까요?"

"잘못을 인정한다고 해서 계속 고개를 숙이고 있기를 바라서는 안 된다고 봅니다. 그래봤자 중학생이거든요. 그럼에도 우리가 이 자리를 갖는 것은 최대한 마음을 무겁게 해서 다시는 잘못을 저지르지 않게 하는 것도 하나의 목적이 될 수 있지 않을까요? 이 시간도 일종의 벌인 거지요."

말하는 사람을 돌아보던 아이들이 너나 할 것 없이 고

개를 숙였다. 어른들은 대안을 말하기도 했지만 솔직한 심정을 있는 그대로 내비쳤다.

"감사합니다. 지금까지 나온 이야기를 바탕으로 이번 사건의 해결을 위해 각자 무엇을 어떻게 할 것인지 모둠별로 논의해주시기 바랍니다. 작은 갈등도 공동체에서는 서로 영향을 미친다는 것을 충분히 느끼셨을 겁니다. 마찬가지로 갈등을 해결하기 위해서는 많은 사람의 손길이 필요합니다. 여러분이 기꺼이 손을 내밀어주실 거라 믿습니다. 두 달 후 다시 후속 모임을 열어 우리의 실천을 점검할 것이니, 신중하게 의견을 모아 주시기 바랍니다."

피가해자, 마을위원, 교사와 학생, 학부모 등으로 모둠이 나뉘었다. 정화는 가해자 부모의 입장에서 학부모지원을 하겠다고 나섰다. 영미가 정화를 말렸다. 입장을 잘 알기 때문에 지나치게 주도할 수 있다고 했다. 정화는 속마음을 들킨 것 같아 얼굴이 화끈거렸다. 그들은 지금 무슨 말을 해야 할지 모를 것이다. 자신이 처음에 그랬던 것처럼 그들도 막막할 것이다. 먼저 겪은 사람으로서 뭐라도 보태줄 말이 있을 것 같았다. 하지만 마음만 앞선 자신의 한마디 말보다 부족하더라도 스스로 답을 찾도록 기다려줘야 하는 게 맞다. 그러고 보면 주어진 벌을 받는 건 얼

마나 편한 일인가. 본인의 성찰과 근본적인 변화 없이 그
저 견디면 되니까.

학부모 모둠으로 들어온 정화가 먼저 말을 꺼냈다.

"우리 학부모들은 새로운 무언가를 제시하지 말고 아이
들이 하겠다는 그것을 돕는 게 어때요? 학부모지원단 활
동만으로도 충분히 바쁘기도 하고요, 무엇보다 아이들이
주체가 되는 게 우리의 바람이잖아요. 분명 선생님들은
바쁠 거고 누군가는 담당자 역할을 해야 할 거니까요."

"오, 멋진데! 정화 씨, 최고야. 덕분에 논의 끝! 우리 잠
시 쉬자. 아이고!"

단번에 정화의 의견이 받아들여지고 학부모들은 탁자
위로 엎어졌다. 여기저기서 곡소리를 내며 허리를 두드려
댔다.

광길이 진행자석에 다시 앉았다. 모임을 재개한다는 의
미로 작은 종을 땡그랑, 흔들었다. 정화는 휴대폰으로 시
간을 확인했다. 벌써 네 시간이 훌쩍 넘어 있었다. 각자
원래 자리에 앉아 달라는 안내를 들으며 빈자리가 꽤 되
겠구나, 짐작했다.

"다들 오신 것 같으니 모임을 재개하겠습니다."

광길의 말을 들으며 주변을 둘러본 정화는 말할 수 없는 감동을 느꼈다. 거짓말처럼 꽉 차 있다. 다른 사람들도 고개를 빼 들고 서로를 돌아봤다. 마치 미어캣 같아서 정화는 혼자 큭큭 웃었다. 다들 비슷한 마음인지 천천히 고개를 끄덕이기도 하고 옆사람을 찌르기도 했다. 광길이 먼저 박수를 쳤다. 타이밍은 다시 시작하자는 의미의 박수였지만 콧구멍이 벌렁거리는 걸로 봐서 감동의 박수인 듯했다.

"모둠별로 논의한 내용을 발표해주세요."

"저희 마을위원 모둠에서 나온 내용을 먼저 말씀드리겠습니다. 오늘 아이들을 보면서 학교 공부만이 아니라 인간을 이해하고 삶의 가치와 표현방식을 배우는 공부가 필요하다는 생각을 했습니다. 아이들이 가장 싫어하는 게 공부이기도 하니까 일종의 벌로 공부를 시키면 어떨까 합니다. 아이들에게 두 달간 책을 읽고 이야기 나누는 인문학 수업을 해주는 겁니다. 물론 우리 어른들도 참여해야지요."

아이들에게서 작은 탄식이 흘러나왔다. 어른들이 소리 내어 웃었다.

"근데 아이들이 공부를 싫어하는 것은 맞지만 문제를

일으킨 아이들에게만 왜 소중한 혜택을 주느냐는 의견도 나왔습니다. 원하는 아이들을 모아 인문학 강좌를 열도록 하겠습니다."

이번에는 작은 탄성과 함께 박수 소리가 났다. 교사들은 학생생활교육에 대한 연수를 받겠다고 했고 학생들은 피가해자 학생지원단을 운영하겠다고 했다.

수현과 지민, 희정은 반성문과 함께 서로에게 편지를 쓰겠다고 했다. 그동안의 일들을 하나하나 돌아보기 위해 매일 한 통씩 쓰기로 했다. 또한 세 명 모두 거리를 두고 지내겠다고 했다. 피가해가 섞여 있는 상황도 그렇고 친구와 어떻게 관계를 맺어가야 하는지 서툰 상태에서 또 어떤 문제가 생길지 모르기 때문이다. 하지만 자신들의 피해를 회복하기 위해 무엇을 할 것인지를 묻는 질문에는 답하지 못했다. 수현이 바라는 건 왕따가 있기 전으로 돌아가는 거다. 하지만 그건 불가능하니, 어떻게 하면 좋을지 막막했다. 피해자지원단으로 들어갔던 지호가 아이들과 정기적으로 만나 피해 회복에 대한 고민을 계속해나가기로 했다.

정화는 예전으로 돌아가고 싶다는 수현을 보며 마음이 저려 왔다. 사고가 일어나기 이전의 삶으로 돌아가고 싶은 간절한 마음은 수시로 꿈으로 나타나곤 했다. 평범한 일상이었다. 가족이 다 같이 밥을 먹거나 티브이를 보거나 어딘가 걸어가고 있었다. 아, 그때로 돌아갔구나, 다시 원래대로 살고 있구나, 안심했다. 꿈에서 깨는 순간 다시 여기가 현실이라는 것이 몸서리쳐졌다. 부질없이 다시 꿈을 이어가려고 꿈 끝을 잡고 깨지 않으려고 애썼다. 정화는 수현에게 마음으로 기도를 보냈다. 그때로 돌아갈 수는 없지만 다시 시작할 수는 있으니 용기를 내라고. 소중한 순간들을 하나하나 새롭게 쌓아 올리라고. 비 온 뒤에 땅이 더 굳듯이 이전보다 더 소중한 일상을 보낼 수 있을 거라고.

"우리 부모들은 앞으로 사람과의 관계를 어떻게 맺어가야 하는지 몸으로 직접 보여주려 합니다. 아이가 어떻게 지내는지 모르고 살아온 것을 반성하는 마음으로 주말을 온전히 아이와 함께 보내겠습니다. 그리고 학교에서 해주신다면 부모교육도 받겠습니다."

희정 아버지의 말에 수현 어머니가 파르르 떨며 말했다.

"저는 솔직히 걱정이 됩니다. 우리 애들도 문제지만 폭력을 주도한 사람이 있는데, 반성도 없이 나가버린 상태에서 어떻게 회복이 될 수 있을지…. 승아네가 나가는 걸

학교도 어떻게 하지 못하잖아요."

수현이 고개를 떨구고 코를 훌쩍거렸다. 희정 아버지는 착잡한 표정을 지으며 말했다.

"승아네는… 차차 승아 아버지를 만나보고 설득해보겠습니다. 함께 잘못을 했지만 함께 잘못을 뉘우칠 수 있는 건 아닌가 봅니다. 각자의 몫이 있는 것 같습니다. 우리는 우리대로 할 수 있는 일을 합시다."

어른들이 지원하는 모든 것에 열심히 참가하겠다는 대답을 듣고서야 대화모임은 끝이 났다. 아이들은 다시는 이런 모임을 하지 않기 위해서라도 절대 문제 일으키지 않을 거예요, 라고 덧붙였다. 제발 그래라, 여기저기서 타박하는 소리가 들렸다. 모두 고개를 절레절레 흔들며 성당을 빠져나갔다. 장장 다섯 시간이 넘게 걸렸다.

정화는 성당을 나오면서 천천히 주위를 둘러보았다. 학생들, 학부모들, 마을위원들의 얼굴을 차례차례 마음에 담았다. 부정적 정서를 이겨내고 새살이 돋아나는 순간을 함께하는 사람들, 결코 잊을 수 없는 순간을 함께하게 된 사람들이다. 아니, 앞으로도 함께해야 할 사람들이다. 우리 마을에 이런 모임이 유지되어야 한다. 정화는 자신이 할 일이 무언지 막연히 예감했다.

학교폭력대책위원들은 대화모임의 결과에 긍정적인 반응을 보였다. 피가해를 분리하기 어려울 만큼 모두 잘못한 게 맞지만 이번 사건에 대한 처벌은 불가피하니 가해자 아이들에게 교내봉사와 상담이라는 징계가 내려졌다. 이전과 달리 어떤 봉사를 할 것인지 스스로 정하게 했다. 아이들은 폭력으로 학교 분위기를 흐린 점에 대한 미안함을 담아 교문 앞에서 등교하는 친구들을 안아주는 프리허그를 하겠다고 했다. 징계라고 하기에는 너무 귀여운 거 아니냐는 원성이 있었다. 그동안 피해 회복과 상관없는 학교청소 등의 봉사활동 지침을 변경하자는 의견이 나오면서 일단락되었다. 정화는 가해자 부모로서 당시 마음이 어떠했는지 적어둔 일기를 제공하기로 마음먹었다. 가해자들이 그 일기를 읽는 것만으로도 꽤 효과가 있을 것 같았다.

며칠 후 승아 아버지가 학교폭력위원회의 결과에 불복하고 교육청 심의위원회에 재심을 요청했다. 교감과 몇몇 교사들의 불만이 터져 나왔다. 승아는 체험학습을 신청하고 학교에 오지 않았다.

3.

어떤 책에 나오는 이야기다. 영상을 만지는 사람이었다. 더빙을 하기 위해 소리에 귀를 기울이다 보면 방금 들었던 소리가 잠시 후에는 작게 들리다가 금세 또 크게 들리기도 해서 볼륨을 올렸다 내렸다 하게 된다고. 진짜 소리의 문제라기보다 그저 사람의 기분에 따라 달리 들리는 것뿐이라고. 그래서 알게 되었단다. 청각이라는 감각이 사람의 기분에 따라 얼마나 쉽게 달라질 수 있으며 사람의 기분이라는 게 얼마나 시시각각으로 변하는지를. 또 기분이라는 게 얼마나 스스로 제어하기 어려운 것인지를.

그런 사람의 기분에 날씨만큼 영향을 주는 게 또 있을까. 어제와 다른 오늘의 날씨도 그러한데, 하루에도 10도씩 오르락내리락하는 가을 날씨라니. 그것은 마치 투우장의 황소와도 같아서 기분은 황소 뒷다리처럼 날뛴다. 날뛰던 뒷다리에 낙엽이 바스라지고 바스라지고 바스라져서 불이 붙기도 할 것이다. 하얗게 연기가 피어오르다가 다시 꺼지기도 할 것이다. 사람 사는 곳이라면 어디에서든 마땅히 연기가 피어오르고 또 사그라든다.

마을에 소문이 돌았다. 학교폭력대책위원회가 엉터리라고 했다. 교육청에 항의하겠다는 이야기도 있었다.

"폭력을 주도한 아이는 그대로 두고 잘못을 반성하는 애들만 벌을 줬대. 게다가 가해자들한테 무슨 공부까지 시켜준다면서? 그게 무슨 처벌이야?"

"아니, 맞은 애한테 해주는 거겠지. 애를 때렸는데 처벌을 안 했다고? 말이 돼?"

"그러니까 이상하다는 거지. 도대체 혁신이니 뭐니 하면서 애들 공부는 안 시키고. 쯧쯧, 혁신 안 해도 되니까 하던 대로나 잘하면 좋겠네."

정화는 오랜만에 찜질방에 가려고 마을버스를 탔다가 뒤에 앉은 이들의 대화를 듣게 되었다. 말로만 듣던 소문을 직접 듣고 나니 가만히 있을 수가 없었다. 영미에게 톡을 보냈다.

'어디예요? 잠깐 볼 수 있을까요?'

'나 지금 일하는 중. 무슨 일 있어요?'

'그리로 갈게요.'

영미가 다시 일하게 되면서 학부모회실 지킴이를 하던 시절은 끝났다. 회의는 주로 밤에 하지만 낮에 해야 할 일들도 꽤 많았다. 특히 소위원회의 경우 그동안 형식적인 회의만 했는데, 제대로 활동을 시작하면서 손이 많이 부족했다. 처음에는 정화처럼 전업주부들만 참여하다가 영미처럼 시간제 근무를 하는 이들의 참여가 늘어나기 시작했다. 늘어난 만큼 역할을 계속 분화시켰다. 지금은 종일 근무를 하는 일반 직장인들까지 참여하고 있다. 한 사람이 많은 일을 하기보다 여러 사람이 작은 역할이라도 맡아서 학교와 교육을 직접 체험하는 것이 중요하다며 영미는 학부모회가 해야 할 일들을 더 촘촘하게 나누었다.

생협 매장에는 막 물품들이 들어왔는지 박스로 발 디딜 틈이 없었다. 빈 상자를 밖으로 들고 나오던 수정이 정화를 반갑게 맞았다. 수정은 매장을 이끄는 팀장이다. 매장 안쪽으로 냉장고 앞에 서 있는 영미가 보였다.

"어머, 어서 와요, 정화 씨."

"안녕하세요? 바쁘신 줄 알고 일꾼이 왔습니다요."

정화는 팔을 걷어붙이고 나섰다.

"아휴, 그냥 계셔도 돼요. 우리끼리 충분히 할 수 있어요."

수정은 손을 마구 내저었지만 반가운 표정을 감추지 못했다.

"팀장님, 여기 일은 우리가 할 테니까 입고 처리하셔요."

"그래도 될까?"

영미의 말에 수정은 옷을 탈탈 털며 컴퓨터 앞으로 갔다. 정화는 눈치껏 영미에게 물품 상자를 건넸다.

"무슨 일이에요? 진짜 나 도와주려고 오지는 않았을 테고."

영미가 정화의 표정을 살폈다.

"무슨 소리예요. 내가 영미 씨 바쁠 때마다 착착, 그때그때, 응? 얼마나 짠 나타나는 사람인데. 그렇게 말하면 서운하지."

정화는 애타던 마음을 잠시 뒤로하고 여유를 부렸다. 영미는 그런 정화에게 장단을 맞췄다.

"글치, 글치. 그런 사람이지. 그러니까 우리 오늘은 학교 얘기 안 해도 되는 거지?"

"아휴, 그럼. 나도 간만에 느긋하게 하루를 좀 보내려고 그랬는데, 사람들이 나를 가만히 안 둬서 그렇지."

"누가? 누가 정화 씨를 가만히 안 둬요? 응?"

수정이 돋보기안경을 코 아래로 내리며 물었다.

"팀장님, 한번 들어봐요. 아, 내가 학교 이야기 안 하려고 했는데 팀장님이 물어보셔서 할 수 없이 하는 거예요."

영미는 과장되게 고개를 끄덕였고 수정은 정화의 넉살에 흐흐거리며 웃었다. 정화는 마을버스에서 들은 이야기를 해주었다. 영미 콧잔등에 점점 주름이 졌다.

"그 자리에서 말참견을 하고 싶었지만 그게 한두 마디로 해명되는 일이 아니라 끼어들 수가 없었어요."

"사람들은 자세히 알지도 못하면서 어떻게 그렇게 아무렇게나 말을 한대요?"

수정이 흥분했다. 손에 들었던 주문서를 내려놓은 지 오래다.

"누가 그런 말을 퍼뜨리는 걸까요?"

"누군지가 뭐 중요합니까? 결국 일이 마무리되지 못한 건 사실인걸요."

영미는 다시 상자를 뜯으며 말했다.

"그거, 라면은 그만 뜯지."

"아, 맞다."

수정이 아니었으면 예비로 남겨놓아야 할 라면상자까지 모두 뜯을 뻔했다. 무심한 척했지만 아무래도 승아 아버지 일이 마음에 걸렸을 것이다. 영미는 바깥으로 나가 빈 상자를 차곡차곡 쌓아놓고 옷을 털고 들어왔다. 정화도 영미를 따라 나가 옷을 털었다.

"승아 아버지를 만나볼까요?"

장갑을 벗으며 정화가 말했다.

"지민이, 희정이 아버지도 안 만나준다면서요."

"그래서 우리 도언 아빠를 꼬셔볼까 해요."

"꼬셔서, 셋째라도 낳게요?"

수정이 옆에서 실없는 소리를 했다.

"아이 참, 그런 게 아니라 꼬셔서 승아 아버지를 만나보라고 하려고요. 아무래도 관계자가 아닌 사람이 낫지 않겠어요?"

"오! 꼬실 만하네. 근데 도언 아버지는 지금 마음이 어떠신 거 같아요?"

영미가 정화 손을 끌어 자리에 앉히고 커피를 건넸다.

"글쎄요, 뭐라고 딱히 말은 하지 않는데, 아무래도 도언이도 있고 하니까 궁금해하죠."

영미는 고개를 끄덕였다. 정화가 도언이 이야기를 꺼내

는 건 거의 처음이었다. 수정이 화장실 열쇠를 들고 나가자 정화가 목소리를 낮췄다.

"어때요? 여긴 할 만해요?"

정화는 영미가 마트에서 겪은 일을 알고 있었다.

"나쁘지 않아요. 여기가 할 만해서가 아니라 내가 달라졌잖아."

영미가 코를 찡긋했다. 정화가 같이 코를 찡긋했다.

"그땐 문제를 공식적으로 해결할 방법을 전혀 몰랐던 거 같아. 사적인 문제라고만 생각했지."

그때 수정이 들어오며 참참참, 외쳤다.

"그런 거 없어요? 우리 애들 어릴 때는 그런 거 있었는데, 아버지모임 같은 거."

두 사람은 잠시 멈칫하다가 동시에 외쳤다.

"아버지모임."

"그래, 아버지회."

정화는 아차 싶었다. 지금까지 정화가 속한 세상에서는 친밀감이나 흥미를 내세워 관계를 풀어나갔다면 영미와 새롭게 만들어가는 세상은 달라져야 한다. 더 이상 사적인 방식이 아니라 정상적인 체계를 통해 개인의 공적 의지가 발휘되도록 해야 한다. 공공에 가장 이익이 되지만 지극히 개인적이고 개별적인 의지 말이다. 이것도 전혀 새로운 건 아니다. 원래 민주주의는 그런 거다. 그동안 체화되지 못한 민주주의가 이제야 삶의 구석구석에서 자리를 잡으려 용을 쓰는 거다. 그런 점에서 또 한 가지 놓친 것은 모임의 주체는 당사자들이라는 것이다. 아무리 좋은 모임도 당사자가 움직이지 않으면 그만이다. 다행히 정화의 남편은 새로운 체계로 나갈 의지가 생겼지만 아직 다른 아버지들은 모임의 필요를 찾지 못했다. 학년모임을 통해 아버지모임을 홍보했지만 신청자는 아무도 없었다. 학년모임에 나오는 아버지들도 굳이 아버지모임을 따로 해야 하냐고 되물었다.

"아, 결국 내가 나서야만 하는가, 어제 우리 도언 아빠가 그러더군요. 정말 왜 그리 영웅적 서사를 좋아하는가."

정화가 과장되게 연극 톤으로 투덜거렸다.

"굳이 아버지들 내세우지 말고 우리가 만나봅시다."

"그래. 영웅 같은 거 없어도 돼. 우리가 할 수 있어."

지호가 같이 의욕을 불태웠다.

하지만 결국 도언 아버지의 도움을 받았다. 승아 아버지가 학교 측 연락을 전혀 받지 않았기 때문이다. 승아 아버지는 도언 아버지의 전화를 말없이 듣기만 했다.

"저도 승아 아버지처럼 가해자 부모였습니다. 도언 엄마한테 승아 아버지 얘기를 전해 듣고 마음이 너무 속상했어요. 자식들이 참 부모 마음 같지 않구나 싶구요. 어디 말하기도 부끄럽고 그렇다고 자식인데 야단만 칠 수도 없고. 집에서 내 새끼 귀하게 키우기만 하면 되는 줄 알았는데 세상이 많이 바뀌었어요. 우리 어렸을 때만 생각해서는 안 되는 부분이 있어요. 근데 부모가 어떻게 대처해야 하는지 생각해볼 여력도 없이 밖에서 돈 버느라 바빴잖아요. 우리 일단 만나서 같은 학부모끼리 이야기 좀 나눠봅시다. 이 좁은 동네에 살면서 서로 위로도 하고 힘도 되어 주고 그럼 좋잖습니까. 같이 자식 키우는 입장인데 이해하지 못할 게 뭐가 있겠습니까."

승아 아버지는 아무 대답이 없었다. 도언 아버지는 약속 시간과 장소를 일러주고 전화를 끊었다.

"그래도 끝까지 전화를 안 끊은 거 보면 어쩌면 나올 수도 있을 거 같아."

도언 아버지가 처음 학부모지원단 모임에 나온 날, 다른 아버지도 몇 명 나왔다. 다들 궁금하기는 했다는 고백이 이어졌다. 평소보다 조금 일찍 모임을 끝내고 새로운 회원을 환영하는 의미에서 술자리가 이어졌다. 첫 술잔을 들었을 무렵 승아 아버지가 나타났다. 그리고 탁자가 뒤집히면서 모임은 끝났다.

"아니, 학부모들이 가해자 부모와 으쌰으쌰 술 마시고 난리 치고 파출소에서 신고 들어오고, 이게 뭡니까. 나 참 창피해서. 임시총회까지 해가면서 학부모 모임을 하겠다고 할 때 이건 좀 과하다 싶었어요. 뭐든지 열정이 과하면 이런 사달이 나는 거예요."

교감이 학부모회실까지 찾아와 한바탕 한탄인지 꾸지람인지를 했다. 걱정된다고 말했지만 얼굴은 신이 난 듯보였다.

승아 아버지는 다른 학부모들의 말을 듣는 듯하더니 결국 자신의 억울함을 호소했다. 잘못은 했지만 학교가 어린 학생을 너무 과하게 몰아붙였고 승아도 피해자라는 것이다. 거기에 호응하는 이들이 나타났다. 승아 아버지가 옆사람의 목에 팔을 두르고 뭐라고 속삭였다. 그들의 탁자가 옆으로 옮겨지며 자연스럽게 두 패로 갈리게 되었고, 그렇게 일단락되는 줄 알았다. 그쪽 탁자에 안주가 푸짐해지고 술병이 빠르게 늘어났다. 누군가가 고함을 치고 누군가는 달랬지만 결국 술병이 던져지고 깨지고 탁자까지 엎어졌다.

소문은 빠르게 보태졌다. 학부모회는 가해자 부모의 술을 받아먹었고 학교는 돈을 받아먹었고 가해자는 처벌받지 않았다고. 매일 교감이 학부모회실을 들락거렸다.

제7장

새로고침 중

1.

하늘을 가득 메웠던 뭉게구름이 바람에 밀려 저만치 가버리고 새털구름만 드문드문 남아 바람길을 만들었다. 더 따뜻해지면 새털구름마저 스르르 형체를 버리고 사라질 것이다. 구름 한 점 없는 하늘은 탄산수처럼 청량하지만 때로 양떼구름, 조각구름, 실구름 들이 두둥실 흘러간 다음이라야 더 푸르게 느껴진다. 기실 구름은 작은 물방울들이 뭉쳐진 결정 덩어리여서 바람과 온도의 영향을 받아 이리 커졌다가 저리 작아졌다가 할 뿐, 구름 단독으로는 아무것도 아니다.

선선한 바람에 고개를 바짝 세웠던 해바라기가 꽃잎을 늘어뜨리고 품속 씨앗을 채우려 몸을 울었다. 줄기를 휘

감고 올라온 풍선초도 종 모양의 열매를 풍경처럼 댕그렁 댕그렁 흔들었다. 흔들리는 모든 것들이 초록을 잃고 갈색을 입으면서 알맹이를 채우고 몸피를 키워나갔다. 바람은 멀리서 불어와 공간을 채우고 순간을 품었다. 저도 모르게 부푼 가슴은 누구에게나 너그러워졌다.

빠르게 두 달이 지났다. 후속 모임을 하루 앞두고 또다시 학교폭력이 일어났다. 이번에는 언어폭력이었다. 남학생들이 여학생들을 향해 끊임없이 신체적 품평을 하며 모욕했다는 것이다. 광길의 전화를 받고 학부모지원단이 모였다.

"그래. 이 문제도 한번은 불거질 줄 알았다."

"맞아요. 결국 어른의 잘못된 문화를 그대로 답습하는 거니까."

영미의 탄식에 정화가 맞장구쳤다.

"그래서, 이제 어쩌죠?"

지호가 눈썹에 잔뜩 힘을 주며 물었다.

"어쩌긴요. 다시 시작하는 거죠."

손마디를 우두둑 우두둑 꺾으며 정화가 호기롭게 답했다.

"하지만… 누가 하지?"

3학년 대표가 말했다. 영미는 늦은 시간에 학부모회실로 달려와 준 이들의 면면을 하나하나 살펴보았다. 2학년 대표, 1학년 4반 대표이면서 총무, 서기, 방과후소위원···. 모두 각자의 삶에 기꺼이 역할을 하나씩 더 짊어진 이들이다. 그들에게 또 책임을 얹을 수는 없다. 게다가 아직 단독으로 맡기에는 배움도 적고 마음의 준비도 덜 되어 있다. 아무리 지원활동이 중요해도 개개인의 성장을 전제하지 않고 밀어붙일 수는 없다. 그런 방식은 머잖아 활동을 위축시킬 것이다.

"때가 온 거 같아. 이제 학부모회는 학부모회의 일을 하고, 피가해자 지원단은 헤쳐모여를 해야지."

영미의 말에 정화는 펄쩍 뛰었다. 아직 지원단을 의지하는 이들이 있는데 그들을 어떻게 외면할 것이며 당장 이번 사건도 지원이 필요하지 않느냐고 했다. 아무도 입을 떼지 못했다. 하지만 정화도 알고 있었다. 피가해자 지원을 학부모회에서 전부 떠맡을 수 없다는 것을. 지난 두 달 동안 학부모회에 대한 무수한 소문이 있었다. 그런 근거 없는 소문을 해소하기 위해 성실하게 학급 학부모회를 했고, 조금씩 학부모들의 신뢰를 쌓아갔다. 점차 학부모들의 참여도가 높아지고 있고 초등학교 6학년 학부모들에게 입학 전 학부모 오리엔테이션을 하기로 한 참이다. 이제 학부모들은 각 기구별 본연의 역할이 무언지 조금씩 깨달아가고 있다. 그런데 피가해자 지원을 우선으로 활동하게 되면 학부모회는 다시 존재적 근거가 흔들릴 것이다. 각 기구가 자리를 잡는 것이 우선이다. 이후 학부모들의 요구가 있을 때, 그들이 주체가 되어 다시 시작하면 된다. 무엇보다 피가해자 지원단은 학교가 아니라 마을에서 형성되어야 한다. 무거운 침묵이 어둠과 함께 내려앉았다.

후속 모임은 활달한 분위기로 시작되었다. 여기저기서 웃음소리와 이야기 소리가 들려왔다. 영미는 지난번에는 없었던 새로운 얼굴들과 인사를 했다. 교장이 종을 흔들어 모임의 시작을 알렸다.

"아시는 분은 아시겠지만 다시 학교폭력이 일어나는 바람에 우리 학생부장 선생님이 그쪽 일을 하시느라 제가 대신 이 자리에 섰습니다. 양해 바랍니다."

피해자를 만나러 간 광길과 정화는 결국 시간에 맞춰 오지 못했다. 학교폭력이 일어나면 해야 할 일이 생각보다 많다. 당사자들을 각자 따로 만나고 같이도 만나고 부모와 만나기도 해야 한다. 교육청에 보고할 서류를 만드는 짬짬이 수업도 해야 한다. 주객이 전도되어도 한참 전도되었다.

"우선 공지할 것이 있습니다. 승아 아버지가 교육청 심의 요청을 취소하셨습니다. 승아는 다시 학교에 나오기 시작했고요. 학부모지원단 아버지모임에서 많은 역할을 해주셨습니다. 잠시 과정에 대해 이야기를 들어보겠습니다. 장진호님, 말씀 부탁드립니다."

갑작스런 언급에 도언 아버지, 진호가 엉거주춤한 상태로 옆에 앉은 희정 아버지를 쿡쿡 찔렀다. 희정 아버지는 몸을 피하며 알아서 하라는 손짓을 했다. 진호는 벗고 있던 재킷을 입고 단추를 잠그면서 휴대폰을 진동으로 바꾸는 등 분주했다.

"안녕하십니까. 아버지모임을 맡고 있는 장진호라고 합니다. 저희가 역할을 해주었다고 하셨는데 사실 별로 한 게 없습니다. 승아 아버지가 교육청 심의를 취소하신 건 승아가 다시 이 난타전을 반복하고 싶지 않다고 했기 때문입니다. 게다가 난동죄 때문에 불리하다고 생각하신 거 같아요. 저희가 한 일은 그 점을 강조하여 말씀드린 거밖에 없습니다. 어쨌든 그분은 여전히 학교의 처분에 불만을 갖고 계시고 저희들 만나는 것도 그만하고 싶어 합니다. 저희도 이제 승아 아버지가 먼저 연락할 때까지 기다리기로 했습니다."

시작과 달리 깔끔한 답변에 사람들이 환호와 박수를 보냈다. 진호는 브이자를 해 보이며 앉았다.

"지난번 모임에서 약속했던 내용을 점검해보는 시간을 갖기 전에, 한 가지가 더 추가되어 진행된 내용을 말씀드리겠습니다. 아이들이 그때 자신이 회복할 방법을 찾지 못했지요. 학부모지원단과 학생지원단의 꾸준한 도움으로 한 가지 방법을 찾아냈습니다. 이 부분은 수현 어머님이 말씀해주시겠습니다."

수현과 나란히 앉아 있던 수현 어머니가 일어났다. 두 달 전에 비해 옷이 많이 헐거워지고 뺨도 홀쭉해졌다. 하지만 얼굴색은 밝아 보였다.

"먼저 감사드립니다. 이 모임을 진행해주신 분들도, 여기 참여해주신 분들도 모두요. 음, 그때 미처 감사 인사를 못 드려서요, 제대로 감사 인사 드리고 싶었습니다. 정말 감사합니다. 무엇보다 헌신적으로 수현이를 만나러 와주신 학부모지원단 여러분, 특히 김지호님께 감사드립니다."

수현 어머니는 먼저 지호를 향해, 고개를 돌려 모두를

향해 깊이 고개를 숙여 인사를 했다. 사람들은 지호에게 진심을 담아 박수를 보냈다. 지호는 입술을 일자로 앙다 물었지만 광대가 올라가는 것만은 어쩌지 못했다. 그동안 지호는 가족보다 수현이와 보낸 시간이 더 많았다. 그만 큼 수현이 곁에 있어 주었다. 내가 해줄 수 있는 게 아무 것도 없어, 라고 수시로 한숨을 쉬었지만, 수현이에게는 그 무엇보다 곁에 있어주는 사람이 필요했을 것이다.

"제가 미용실을 해요. 수현이랑 시간을 보내고 싶은데 가게를 비울 수는 없잖아요. 손님이 많은 건 아니지만 언제 오실지 모르니. 속만 태우다가 제가 제안을 했어요. 저 아이들이 돌아가면서 가게를 봐주면 어떻겠냐고. 손님이 오시면 제게 전화를 주거나 예약을 받아놓는 식으로요. 수현이도 그러자고 하더라고요. 진짜 엄마랑 있는 시간이 간절했나 봐요. 서로 떨어져 있기로 한 약속 때문에 걱정 했는데 다행히 받아들여졌어요. 덕분에 수현이랑 단둘이 데이트를 즐길 수 있었어요. 처음에는 저 애들을 고운 눈 으로 보지 못했어요. 분명 문제가 있을 거라고 생각했거 든요. 근데 시간이 지나면서 피해자나 가해자에게 결핍이 나 문제가 있을 거라는 생각은 선입견이라는 걸 다시 한 번 깨닫게 되었어요. 전에 교장 선생님이 말씀하신 마을의 아이들이라는 표현이 맞는 거 같아요. 이런 말 좀 그렇지만 저 애들 정말 너무 멀쩡해요."

수현 어머니의 말에 수현이가 피식, 웃었다. 그 웃음을 신호로 여기저기서 웃음이 터졌다. 수현이에게 교장이 물었다.

"그래서 수현이 마음은 지금 어떤가요?"

수현은 달팽이처럼 고개를 쏙 집어넣었다. 그러곤 작은 목소리로 말했다.

"그냥, 이제 그만했으면 좋겠어요."

"그 말은 이제 괜찮아졌다는 뜻인가요?"

"아뇨. 괜찮지 않아요!"

수현이 뭐라고 말하기 전에, 수현 어머니가 벌떡 일어나 소리쳤다. 수현 어머니는 얼른 입을 가렸다. 너무 큰 소리가 나와버려서 스스로도 놀란 것 같았다. 수현 어머니는 눈을 동그랗게 뜨고 올려다보는 수현이를 잠시 보더니 다시 아까의 침착한 목소리로 그러나 낮게 가라앉은 목소리로 말했다.

"괜찮지 않아요. 괜찮을 리가 없잖아요. 다만 그 애들도 불쌍하다고 생각하는 거예요. 남을 괴롭히는 걸로 자기 불안을 해소하는 걸 이해해줄 수는 없지만 그런 식으로밖에 해결 못하는 걸 불쌍하게 여기는 거예요. 그렇다고 잘 못이 없어지는 것도 아니고 괜찮아지는 것은 더더욱 아니에요."

영미는 수현 어머니가 승아 어머니를 만난 날을 떠올렸다. 대화모임 이후에 승아 어머니가 먼저 연락을 해서 딱 한 번 수현 어머니를 만났다. 승아 어머니는 승아에게 불안증이 있다며 사실은 아직 야뇨증까지 있다고 조심스럽게 말했다. 수현 어머니는 그때 승아 어머니를 가만히 쳐다보며 지금처럼 낮은 목소리로 말했다.

"그래서 어쩌라고? 이 엄마 웃기네. 세상에 자기 새끼 안 불쌍한 엄마가 어딨어? 그걸 지금 말이라고 해? 이제 봤더니 당신이 부추긴 거네. 애한테 아무나 괴롭히면서라도 밖에서 해소하고 오라고 당신이 부추긴 거야. 이봐요, 당신 불안이나 먼저 해결해."

승아 어머니는 얼굴이 파래져서 벌떡 일어나 가버렸다. 수현 어머니는 뒤통수에 대고 덧붙였다.

"이 엄마야, 정신 차려. 나도 당신처럼 내 문제 똑바로 못 보고 새끼만 감싸다 이 꼴 났어."

수현 어머니는 자리에 앉으려다 다시 말했다.

"상담 선생님이 이제 그만 와도 된다고 했어요. 괜찮지는 않지만 수현이는 조금씩 회복하고 있어요."

며칠 전 미용실에 가서 수현 어머니를 만나고 온 지호가 뛸 듯이 기뻐하며 전해주었다. 수현 어머니가 지호를 보자마자 눈물을 쏟는 바람에 깜짝 놀랐는데, 수현이가 먼저 상담 그만 와도 될 거 같다고 했다고, 그 말은 곧 마음이 많이 나았다는 것을 뜻한다고 했다.

교장이 지민 어머니에게도 지금 어떤지 물었다.

"수현 어머님 말씀 잊지 않고 조심하겠습니다. 저희 아이들도 상담하면서 잘못을 뉘우치고 있지만 여전히 부족하다고 생각합니다. 덕분에 그동안 몰랐던 아이들 마음도 들여다보고 다독일 수 있었어요."

지민 어머니는 수현 어머니를 향해 깍듯이 고개를 숙였다. 수현 어머니는 살짝 몸을 숙이는 걸로 사과를 받았다.

"그리고 저희는 각자의 시간을 가졌으니 앞으로 두 달간 수현이네랑 희정이네랑 세 가족이 주말을 함께 지내기로 했습니다. 아이들이 어른들과 함께 지내면서 관계를 새로 배워가도록 하려고요. 감사하게도 상담 선생님이 함께해주시기로 했어요. 이제 진짜 회복의 시간이에요."

영미는 두 손을 그러모았다. 이 자리에 함께하지는 않았지만 보이지 않는 곳곳에서 마음을 보태고 있다는 사실이 감격스러웠다. 그때 수현이 지호에게 뭔가 신호를 보냈다. 지호가 고개를 끄덕이더니 손을 들었다.

"저, 덧붙이고 싶은 말이 있어요. 어제 저녁에 수현이를 만나서 우리가 나눈 이야기들을 다시 한번 정리해봤거든요. 저는 이 이야기를 덧붙이는 게 필요할까 조금 망설였는데 수현이는 역시 하는 게 좋을 거 같다고 하네요. 어떻게 피해를 회복할 것인가를 고민하면서 수현이 자신을 깊이 들여다보는 계기가 되었는데, 수현이 마음속에는 자기 자신이나 가족 그리고 다른 친구들보다 오로지 승아와 지민, 희정에 대한 애정과 미움으로 가득했던 것 같다고 합니다. 아무래도 지나치게 애정을 갈구했을 거고요. 이제는 그런 지나친 마음을 조금 내려놓을 수 있게 되었답니다. 예전처럼 자신을 탓하던 버릇도 줄었고요. 아마 일련의 과정 속에서 수현이 마음에 다른 사람들의 자리도 생긴 거 같아요. 그 무엇보다 자기 자신을 소중히 여기는 게 뭔지 조금은 알게 되었답니다. 잘못이나 처벌과 무관하게 자신의 문제도 알게 되었다는 걸 꼭 말하고 싶대요."

지호의 말을 들으며 희정과 지민의 눈이 놀란 듯이 커졌다가 작아졌다. 영미는 숨이 턱 멎는 기분이었다. 마음 한구석에 항상 피해자에 대한 의심이 있었다. 어쩌면 피해를 입을 만한 문제가 있지는 않은지, 뭔가 폭력을 당할 만한 빌미를 주지는 않았는지. 혐의의 눈길은 피해자 스스로도 자신을 의심하게 한다. 하지만 그것은 가해자의 죄와는 아무런 상관이 없다. 사과를 하는 상황에서도 네가 그러지만 않았어도, 라며 또 다른 폭력을 가중하기도 하는데, 사과에는 자신의 잘못에 대한 사과만 담아야 한다. 덧붙이는 모든 것이 다 핑계일 뿐이다. 행여 그런 점이 있다 해도 그것은 피해자가 자신의 피해를 회복하고 온전한 상태로 돌아간 후에 스스로 돌아볼 수 있는 부분이다.

이번에는 학생부 도덕 선생이 일어났다.

"처음에는 교사회에서 승아 아버지 일 때문에 걱정이 많았습니다. 그런데 이번 일 이후 아이들의 변화를 지켜보면서 걱정을 조금씩 내려놓게 되었습니다. 보통 학교폭력이 있은 뒤에는 가해자들끼리 똘똘 뭉치면서 후폭풍을 일으키곤 하거든요. 이번엔 좀 달랐습니다. 승아도 더 이상 세력화하려는 시도 같은 게 보이지 않고, 무엇보다 다른 아이들이 그런 걸 용납하지 않는 분위기가 형성되고 있어요. 끼리끼리 왕따하던 분위기도 사그라들고 있구요. 우리 학생지원단이 큰 역할을 했습니다. 아, 승아는 이제 수현이와 다른 반입니다. 승아 스스로 다른 반으로 옮겨 달라고 요청했고 수현이와도 거리를 두고 지냅니다."

승아의 소식을 들으면서 영미는 묘한 기분이 들었다. 처음 학교폭력으로 진석이를 괴롭혔던 그 아이는 어떻게 지내고 있을까. 영미는 그 아이 이름도 기억하지 못한다. 하지만 그 아이가 언제 어디서 무슨 짓을 저지를지 모른다는 불안이 아직 남아 있다. 승아에 대해서도 마찬가지다. 승아가 조금은 덜 잘 지냈으면 하는 미운 감정마저 있다. 승아가 아직 수현에게 용서를 비는 시간을 갖지 않았기 때문일 것이다. 자신도 이런 생각이 드는데 수현이나 수현 어머니는 오죽할까. 승아에 대한 언급 자체가 불편할 것이다. 승아를 계속 눈으로 쫓으며 확인해야 덜 불안할 것이다. 우리가, 학교가, 학부모회가, 이웃이 그 불안과 미움을 함께 달래며 계속 놓치지 않고 지켜보고 있다는 신뢰를 주어야 한다.

"아마 그런 변화가 교사들에게 많은 영향을 준 것 같습니다. 이번에 또다시 학교폭력 문제가 생기면서, 물론 인과관계가 있는 문제는 아니지만 대대적인 변화가 필요하다는 데 교사회 전체가 공감하고 있습니다. 그동안 학생 생활교육에 대한 연수도 받았는데요, 자생적으로 심화 동아리가 생겼습니다. 앞으로 평화로운 학교문화를 형성하기 위해 더욱더 노력하는 교사회가 되겠습니다."

2.

그때 광길과 정화가 숨을 헐떡이며 들어왔다. 교장은 광길에게 자리를 내어주며 진행상황을 전해주었다. 여기 저기서 박수가 나왔다. 아마 여러모로 애쓰고 있는 교사에 대한 응원의 박수일 것이다. 광길은 뻘쭘한 표정을 지으며 짐짓 모른 척했다. 광길이 다시 회의를 이어갔다.

"이번에는 학부모지원단에서 보고해주시겠습니까?"

영미는 숨을 고르고 있는 정화에게 물을 건네다 말고 자리에서 일어섰다.

"우리 학부모지원단은 주로 피가해자 부모님들 곁을 지켜왔는데요, 많은 시간과 에너지를 필요로 하는 일이지만 힘든 시간 속에서도 조금씩 용기를 내는 모습에 저희가

226

오히려 위로를 받았던 것 같습니다. 하지만 저희는 학부모지원단이기 이전에 학부모회에서 맡은 소임이 있습니다. 학부모회도 이제 막 자리를 잡아가는 중이라 여러모로 신경 쓸 일이 많아 다들 버거워하고 있었습니다. 그런데 이번에 또 학교폭력이 일어나면서 더이상 이런 방식으로는 유지해나가기 어렵다는 사실을 받아들이지 않을 수 없었습니다. 그래서 학부모회에서는 학부모지원단을 해체하고 학부모회 본연의 임무에 충실하기로 했습니다. 당분간 학급 학부모회의를 통해 교육적인 공감을 형성하는 일에만 집중할 생각입니다. 앞으로 피가해자 지원을 어떻게 하면 좋을지 여러분이 함께 고민해주셨으면 좋겠습니다."

영미의 말에 여기저기서 아쉬워하는 소리가 흘러나왔다. 정화가 손을 들고 일어났다.

"학부모회가 갑자기 지원단을 해체한다고 해서 제가 골을 부리기도 했는데요. 각 기구가 자기 역할에 충실해야 한다는 영미님 말이 틀린 게 없어서 어쩔 수 없이 동의했습니다. 오늘 여러분과 이 문제를 논의하고 싶습니다. 이번 대화모임을 통해 갈등은 학교에만 있는 게 아니고 또 그것을 풀어가야 할 주체는 학교라기보다는 마을이라는 것을 배웠잖아요. 사실 승아 아버지를 제일 열심히 만나고 지금도 그 역할을 계속해주고 계신 분은 승아네 이웃인 박민성님과 상담 선생님이에요. 상담 선생님도 마을 분이시거든요. 이웃은 아무리 지쳐도 그만둘 수 없는 입장이라며 그 끈을 놓지 않고 계시죠. 그러니까 우리가 이번에 했던 활동을 아예 마을에 정착시키면 어떨까요? 학교가 아니라, 학부모가 아니라 마을 차원에서 피가해자 지원단을 해야 하지 않겠습니까, 여러분?"

정화의 말에 사람들은 천천히 고개를 끄덕였다. 하지만 선뜻 뭐라 하기는 어려운지 두리번두리번 주변을 돌아보거나 생각에 잠겼다. 무슨 말이라도 보태야 할 거 같아 영미가 손을 들려는 찰나, 김하늘이 볼멘소리를 했다.

"아니, 어른들이 여기까지 해놓고 그냥 발 빼면 너무 무책임한 거 아닌가요?"

이어서 박민성도 떨리는 목소리로 말했다.

"김하늘 학생 말이 맞아요. 우리 두 달간 잘해왔잖아요. 여기서 멈추면 안 됩니다. 우리 아이들을 위해서 계속 이어가야 해요. 지원단이 생긴다면 저도 뭐라도 하겠습니다."

여기저기서 헛기침 소리가 났다. 영미는 약간 죄인이 된 기분이 들었다.

"제가 한마디 해도 되겠습니까?"

이장님이라고 불리는 마을위원이 손을 들며 자리에서 일어났다. 진짜 이장은 아니고 예전에 이장을 했던 이력이 있는 듯했다.

"이런 문제는 관계자들끼리 미리 논의가 되었어야 하는데, 아마 그렇지 못한 것 같습니다. 뭐 갑자기 생긴 일이니 당연한데요. 한 가지 제안을 해보자면, 제가 주민자치위원입니다. 그 왜, 자치센터에서 하는 강좌며 운동이며 그런 프로그램 정하는 거 있잖아요. 아무튼 마을에 필요한 일을 제안하고 진행하는데 조금은 도움이 될 위치에 있다는 말씀입니다. 그래서 하는 말인데 누군가가 앞장을 서시면 제가 뭐라도 도움을 드리겠습니다. 뭐, 별로 큰 힘은 못 되겠지만 두 달간 해온 것 정도의 역할이면 안 되겠습니까."

"저도 한마디 보태겠습니다."

자치위원이 자리에 앉자마자 신부님이 손을 들었다. 신부님은 약간 주저하는 듯하더니 말을 시작하자마자 바로 강론하는 사람 특유의 낭랑한 목소리로 공간을 장악했다.

"저는 오늘 이 자리가 끝이 아니라 시작이 되어야 한다고 계속 생각해왔습니다. 하지만 어떻게 시작이 되게 할지 막막했지요. 특히 이번에 일어난 사건은 누구보다 제가 공감이 되었는데요. 보시다시피 제 배가 이렇게 볼록하잖아요. 저는 어릴 때부터 이 몸매였어요. 그런 체형이 있잖아요. 저희 아버님도 이런 매력적인 몸매를 가지셨거든요. 놀림을 많이 당했습니다. 지금이야 신부라는 방패막이가 있어서 누가 함부로 손가락질하지 않지만, 신부복만 벗으면 그런 눈길을 받습니다. 제가 이럴진대 어린 여학생들은 오죽하겠습니까. 가슴이 미어집니다. 꼭 이번 사건이 아니더라도 우리가 이렇게 한마음이 되어서 아이들을 사랑하고 보호하는 일은 계속되어야 하지 않겠습니까? 그런데 마침 정화 자매님이 먼저 제안을 해주셨고 함께해주시겠다는 분들도 계시니 감사할 따름입니다. 하지만 무슨 일이 되게 하려면 일단 앞장서는 사람이 있어야 하지 않겠습니까? 말이 나온 김에 제가 추천을 하자면, 정화 자매님이 나서주시면 어떨까요? 성당에서도 적극적으로 밀어드리겠습니다. 필요하다면 장소도 내어드리고요."

　신부님의 자학적인 유머에 사람들은 킥킥거리며 웃다가 정화를 추천한다는 말에 환호로 답했다. 영미는 이 순간을 기다렸다. 사실 하려고만 하면 학부모회에서 홍보도

하고 연수도 하면서 더 많은 학부모를 지원단으로 끌어들일 수도 있겠지만 굳이 그러고 싶지 않았다. 결국 같은 사람들이 일하게 되더라도 어디서 둥지를 틀고 자리를 잡는가는 중요한 일이라 생각했다. 아마 정화도 예상했을 것이다. 본인이 나서야 한다는 것을.

정화는 엉거주춤 일어서며 먼저 앞뒤 좌우로 고개를 숙여 감사를 표했다.

"어… 제가 앞에 나서는 일을 해본 적이 없어서 잘할 수 있을지 모르겠지만 신부님이 그렇게 말씀해주시고 여러분이 함께해주신다니 믿고 용기를 내보겠습니다."

박수와 함성이 쏟아졌다. 정화는 뭔가 생각하는 듯하더니 말을 이어갔다.

"사실은 저도 가해자의 부모였어요. 저와 제 아이의 문제를 어디서 어떻게 풀어야 할지 알 수가 없었지요. 물어볼 데도 없었고요. 저 같은 부모와 아이들이 많을 것입니다. 앞으로 이런 어려움에 처한 사람들에게 힘이 되어주고 싶어요. 여러분, 함께해주실 거죠? 믿습니다!"

정화가 너스레를 떨자 누군가 소리쳤다.

"빨리 여기 있는 사람들 서명이라도 받아."

"앗, 그런가요? 어떻게 제 팔뚝에라도 해주시면….."

정화가 팔을 들이밀자 사람들이 서명을 하는 시늉을 했다. 와하하, 요란하게 웃고 여기저기서 한마디씩 보탰다. 소란이 조금 가라앉자 광길이 말했다.

"사실 이번 대화모임은 실패했습니다."

광길의 말에 영미는 세차게 고개를 흔들었다. 다른 사람들도 절레절레 머리를 흔들고 있었다.

"결국 가해자 모두의 반성을 이끌어내지 못했으니까요. 하지만 여러분이 절반의 성공으로 이끌어주셨습니다. 여러분이 없었다면 학교는 예전으로 돌아가 버렸을지도 모릅니다. 감사합니다."

광길이 자리에서 일어나 깊이 고개를 숙였다. 짝, 짝, 둔탁하게 시작된 박수 소리가 점점 커졌다. 박수는 서로를 향했다. 영미는 광길에게 말해주고 싶었다. 절대 실패가 아니라고, 과정이었을 뿐이라고, 절반의 성공도 그 시작을 선생님이 하셨다고. 이제 나머지 절반의 성공을 향해 정화가 나서고, 마을 사람들이 채워나갈 거라고. 이미 잘 알고 있겠지만.

광길이 후속 모임의 폐회를 선언했다. 사람들은 여기저기 삼삼오오 무리 지어 서서 나갈 생각을 하지 않았다. 성당의 봉사자들이 이제 문 닫을 시간이라며 탁자와 의자를 치우기 시작하자 조금씩 움직였다. 피가해자 부모들이 이웃들과 어울려 나가고, 선생들이 학부모들과 어울려 나갔다. 이 장면만 보면 누가 갈등으로 인한 후속 모임으로 보겠는가. 영미는 후속 모임이 마을지원단으로 확장된 것처럼 또 다른 무엇으로 진화할 것을 상상해보았다.

학생부 선생들과 뒷정리를 하고 있는데 가사 선생이 들어왔다. 영미는 아까 가사 선생이 있었던가 머릿속으로 되짚어보다 문득 먼저 자리를 피하는 게 좋겠다는 생각이 들었다. 광길에게 인사를 하고 성당 문을 나서자 길 끝에 교감과 교장이 서 있는 게 보였다. 영미는 정화에게 전화를 걸었다.

"시원하게 맥주 한 잔, 어때요?"

"좋죠!"

영미가 지호의 편의점 앞에 자리를 잡고 앉자마자 정화와 진호가 왔다. 그 뒤로 신부님과 이장님, 박민성 씨가 오고, 맨 끝에 김하늘이 쫄래쫄래 따라왔다.

"오, 김하늘. 너 한마디 보탠 죄로 끌려왔구나?"

영미가 하늘이를 반기자 정화가 끌끌 웃으며 하늘이 목에 팔을 둘렀다.

"얘, 내가 절대 못 놔주지."

"아닌데요. 제가 오고 싶어서 왔는데요."

하늘이는 태연스레 정화에게 목을 내어주었다.

지호가 맥주 세 개를 들고 나오다 다시 들어가 더 많은 맥주와 잡다한 안줏거리들을 들고 왔다.

"오늘은 우리가 매상 올려줄 거야. 폐기 가져오지 마."

"아냐. 나 이것 처리해주는 게 더 고마워. 날짜 지났다고 음식 버리는 거 너무 죄스럽거든."

정화의 허세에 지호가 진지하게 답했다.

"어이구, 알았네. 지구를 위해 내가 먹어주지. 자, 여러분, 건배!"

정화가 맥주를 번쩍 들었다. 지호가 얼른 하늘이에게 사이다를 쥐어주었다.

"건배!"

다들 맥주를 벌컥벌컥 들이켰다. 두 달 만에 마시는 맥주는 달고 시원하고 거품까지 고소했다. 캬, 소리를 내며 주먹밥을 집어 드는 정화에게 신부님이 말했다.

"천천히 하세요. 지금 흥분되고 설레고 또 겁도 나고 그럴 겁니다. 그래도 차분하게 하나씩 하자구요. 아마 10년은 해야 겨우 자리를 잡을 겁니다. 시작은 미약하지만 그

끝은 창대할 것입니다."

10년이라…. 영미는 10년 전 자신의 모습을 떠올려보았다. 그때는 자신이 지금의 고민과 생각, 태도 등을 갖게 되리라고 전혀 예상하지 못했다. 10년 후도 마찬가지일 것이다. 어떻게 변해 있을지 전혀 상상되지 않지만 지금과는 완전히 달라져 있을 것이다. 매일 거기서 거기인 듯한 하루하루를 보내지만, 우리는 매순간 다른 곳을 향해 발끝을 움직이고 있다. 혼자였다면 불가능한 일이었다. 막연히 떠올려보고 말았을 신기루 같은 꿈속으로 이웃이 뛰어 들어왔다. 언제까지 꿈만 꾸고 말 거냐고 타박을 하고 등을 떠밀었다. 그들이 보태는 한마디 한마디가 벽돌이 되고 울타리가 되고 기둥이 되어 현실로 구현되고 있다.

"네, 그래야겠죠. 근데 제가 과연 잘할 수 있을까 걱정은 돼요."

정화는 주먹밥 껍질을 벗기다 내려놓았다.

"뭐가 걱정이야? 당신은 망치인데."

"뭔 소리래요?"

영미의 말에 정화가 의아한 눈으로 바라봤다. 다른 사람들도 영미를 돌아봤다. 영미는 갑자기 너털웃음을 터트리며 말했다.

"내가 망설이는 모든 일을 당신은 그냥, 망치처럼 두들겨댔잖아. 당신은 그런 사람이야. 해야 한다는 당위가 뚝 떨어지는 순간 그냥 해버리는 사람."

지호가 깔깔 웃으며 맞장구를 쳤다.

"맞네, 맞아. 망치, 완전 찰떡 같은 비유예요."

"아, 망치가 뭐야? 망치가. 진짜 분위기 망치고 있어."

투덜거리는 정화를 달래며 지호가 말했다.

"망치라서 좋아. 옆에 영미 씨를 봐. 살면서 한 번도 앞장선 적 없는 사람 특유의 어설픔과 고지식함이 있잖아. 그래도 얼마나 잘해나갔어. 정화 씨도 그럴 수 있을 거야."

"아, 뭐야? 나 그랬어? 나 그렇게 티 났어?"

영미가 얼굴이 빨개지며 당황하자 지호가 오히려 더 놀라서 어쩔 줄 몰라했다. 정화는 신난 표정으로 웃어댔다.

"본인만 몰라요. 남들은 다 알아."

"그랬구나. 다 알았구나. 나 잘한 거 같은데."

"잘했지. 잘했고말고. 다만 티는 났다는 거지."

지호가 가까스로 수습을 했다. 영미는 정화의 어깨에 손을 올리며 말했다.

"근데, 알잖아. 내가 한 일은 그냥 사람들이 하려는 걸 할 수 있도록 자리를 깔아준 것뿐인 거."

"그래서, 당장 내일 뭐부터 해야 하냐고? 이번 사건 어쩌냐고?"

"이거 봐, 망치가 벌써 두드릴 생각부터 하고 있네."

"그럼. 망치가 뭘 하겠어. 두들기는 거 말고 할 줄 아는 게 없는데. 망설여봤자지."

정화는 테이블을 탕탕 쳤다. 신부님이 맥주 캔을 들었다.

"자, 자, 내일 일은 내일 걱정하고 오늘은 우리 정화 자매님을 위해 건배."

"망치를 위하여 건배!"

영미가 소리쳤다.

"신부님, 이 사람 좀 혼내주세요. 저를 밀어주셨으니."

"허허, 망치를 밀기까지 하면 얼마나 더 달려가시려고요. 천천히 갑시다, 천천히. 그거 있잖아요, 이태리 장인이 한 땀 한 땀 수놓듯이 말이에요."

아니, 언제 적 대사를 쓰시냐고 사람들이 핀잔을 주었다. 정화는 사람들을 한 땀 한 땀 바늘로 뜨는 시늉을 했다. 사람들은 기겁을 하며 정화의 손길을 피했다. 하지만 기꺼이 한 땀이 되어줄 사람들이다.

3.

처음 맡아 진행한 영화제가 드디어 끝났다. 하늘이는
뒤풀이를 끝내고 물품을 갖다 놓으러 잠시 사무실에 들렀
다. 행사를 막 끝낸 사무실답게 어수선하기 짝이 없다. 심
란하게 둘러보던 하늘이는 내일 치우자, 하고 빙글 돌아
섰다. 그때 똑똑, 소리를 내며 열린 문틈으로 영미가 얼굴
을 내밀었다.

"영미님!"

평화센터 간사가 되면서부터 모든 마을 사람들의 이름
을 부르기로 했다.

"진짜 고생 많았어. 정말 영화 감동적이더라."

"영화만요? 영화제는 아니고요?"

"영화는 감동적이고 영화제는 최고고."

"헤헷, 제가 고생을 좀 했죠. 광길 쌤이 내년에는 아예 시 단위 영화제를 하자고 하셨어요. 올해 많이 못 도와줘서 미안하다고 하시면서."

"광길 쌤, 오셨어?"

"그럼요. 이번 영화제 대상이 광길 쌤 반 아이들이에요. 아까 상 받으러 올라오는 아이들 사진 찍느라 뛰어다니시던데 못 보셨어요?"

"아, 그랬구나. 역시 광길 쌤, 전근 가셔서도 열일 하시네."

"벌써 그 학교도 회복적 생활교육 자리잡았다고 소문이 자자해요. 그 와중에 그것들은 광길 쌤 반갑다고 하던 일 팽개치고 뛰어와서 아수라장 될 뻔했어요. 진짜 도움이 안 돼요."

하늘이가 고개를 절레절레 흔들었다.

"그것들?"

"그것들 있잖아요. 깐족이들. 그것들이 사라지는 그날 저는 해방춤을 출 거예요. 얼씨구!"

"아하, 그래도 아는 그것들이 나을걸? 그것들 없어지면 끝날 것 같지? 비슷한 깐족이들이 또 나타난다? 회사 다니던 때 떠올려봐. 진상 하나 가고 나면 새로운 진상 나타나잖아."

"맞아요, 맞아요. 어떻게 해야 해요?"

"아는 대로야. 우리가 탄탄히 자리잡고 있어서 진상들이 터를 잡지 못하게 하는 수밖에. 예전에 학교 다닐 때처럼."

"하늘도 무심하시지."

"우리 하늘이가 솟아날 구멍을 만들 테지."

"오, 노. 아재 개그."

"하늘아, 이거 좀 가입해라."

"뭔데요? 보험이면 안 되고요. 돈 없어요."

하늘이가 싹 정색하며 말했다.

"보험이야. 지역보험."

"진짜요?"

"아니, 보험 같은 거야. 마을 밴드 만들었거든."

"영미님 쉰다면서요?"

하늘이가 깔깔 웃었다.

"이게 쉬는 거야. 집에 있으니 이것저것 떠오르는 게 많은데 제일 손 안 가는 걸로 골랐어."

영미는 현우가 졸업한 후에도 학교 지역운영위원으로 몇 년을 일했고, 생협 일에다 평화센터 일까지 정신없이 몇 년을 보냈다. 하늘이가 간사를 맡은 후 인수인계를 마치자마자 안식년을 선언했다.

"네네, 어련하시겠어요."

하늘이가 스마트폰을 꺼냈고 영미가 하늘이 무릎 뒤를 툭 쳤다. 하늘이는 할리우드 액션으로 과장되게 넘어지는 시늉을 했다.

– 오늘 영우중학교에서 하는 영화제를 봤어요.

영미와 헤어지고 하늘이는 버스정류장에서 밴드를 열어봤다. 영화제 후기가 올라와 있었다.

'오, 빠른 후기. 배운 사람이군.'

– 애들이 만든 거라고 믿기지 않을 정도로 퀄리티가 높더군요. 저 솔직히 조금 이해 안 되는 부분도 있었어요.

'그렇지. 쉽지 않다는 게 우리의 매력이지.'

하늘이는 밴드에 어떤 내용들이 올라오는지 궁금해서 스크롤을 내렸다.

– 하수구가 막혔어요. 친절하고 잘하는 전문가를 추천해주세요.

– 눈이 오기 시작하는데 길 안 막히나요?

– 아기가 타던 자전거예요. 약간의 제 추억(스크래치)과

함께 무료로 드림 할게요.

- 혹시 8시에 전철역 가시는 분 있나요? 오늘 우리 남편 데려와 주시면 다음에는 제가 하겠습니다.

소소한 나눔과 서로에 대한 필요를 공유하는 글이 많았다. 가장 눈길을 끄는 게시글은 이거였다.

- 이달의 토론주제: 우리 마을에서 가장 시급하게 해결해야 할 과제는 무엇일까요?

댓글이 30개가 넘었다. 참석예정자가 10명이 넘으면 오프라인에서 토론을 이어간다는 안내가 있었다. 이전 토론주제는 '우리 마을 아름다운 8경 선정하기'였다. 여기도 40개 가까운 댓글과 사진이 올라와 있었다.

'우리 마을에 아름다운 데가 이렇게 많다고?'

하늘이는 사진을 훑어보며 조금 놀랐다. 밴드 소개글에는, 매매는 덜하고 나눔과 이야기는 활발히, 라고 되어 있었다. 하늘이는 다시 영화제 후기 글로 돌아와 댓글을 쓰기 시작했다.

하늘이는 마을지원단이 처음 만들어졌던 때를 떠올렸다. 그 당시 하늘이는 매일 화가 나 있었다. 이럴 거면 학

242

교에 다니는 게 무슨 의미가 있나, 아예 자퇴를 할까 심각하게 고민했다. 초등 때는 그래도 담임의 영향이 커서 아이들의 일탈이 그렇게 심하지 않았다. 하지만 중학교에 올라가자마자 완전히 세상이 달라졌다. 그야말로 각자도생이었다. 규제도 많지만 문제도 많은데, 무조건 벌점을 매겼다. 모든 행동이 점수로 수치화되고 수치가 곧 사람을 규정했다. 가르침은 없었다. 중학교가 원래 그런 곳이라고 했다. 쓰레기를 아무 데나 버리거나 복도에서 뛰면 안 된다는, 유치원 때 배운 기초적인 규범마저도 쓸모없어졌다. 자기 행동에 대한 책임은 오로지 벌점이 대신했다.

학급에서 학교폭력이 일어났을 때도 그랬다. 말리는 사람은 아무도 없고 아이들은 멀찍이서 구경하거나 휴대폰으로 동영상을 찍었다. 선생님은 무슨 일인지 묻지도 않고 기록부에 벌점을 적었다.

수업은 더 엉망이었다. 대놓고 엎어져 잤다. 선생님이 불러서 깨우면 내버려두라며 짜증을 냈다. 그래도 깨우자 어느 날부터 깐족거리며 말장난을 시작했다. 선생님이 한 마디 하면 자기들끼리 서너 마디씩 덧붙이고 웃고 떠들고 장난을 쳤다. 처음에는 선생님도 정색하고 야단을 쳤다.

하지만 일단 시작된 놀이(선생님을 놀리는 것이 일종의 놀이가 되어버렸다)는 멈추지 않았다. 어떻게 저렇게 예의가 없나, 사람에 대한 예의가 아니지 않은가. 더구나 어른이고 선생님인데. 하늘이는 경멸의 눈초리를 보냈다. 선생님들이 불쌍했다. 그때부터 하늘이는 선생님 수업에 열심히 호응했다. 선생님에게 반응하는 것은 하늘이와 모범생 재승이뿐이었다.

어느 날, 교감 선생님이 하늘이와 재승이를 교무실로 불렀다. 그 깐족이들과 대화모임을 할 건데 수업 피해자의 입장에서 이야기해달라고 했다. 참 순진하다, 하늘이는 코웃음을 쳤다. 대화모임이 피가해자에게 도움이 된건 사실이지만 이런 일까지 대화모임으로 해결될 것 같지는 않았다. 교감이 부탁하니 어쩔 수 없이 그러겠다고는 했지만 아무 기대도 없었다.

그날, 하늘이의 진로가 바뀌었다. 건성건성 대답하는 듯하던 아이들이 어느 순간 다리를 모으고 두 손을 가지런히 했다. 몸을 앞으로 당겨 다른 사람의 이야기에 귀를 기울이고 진심으로 미안한 표정을 지었다.

하늘이는 이후에도 틈만 나면 그날을 곱씹어봤다. 교감 선생님과 가사 선생님, 수학 선생님, 깐족이 세 명 그리고 하늘이와 재승이가 있었고, 학부모 두 분이 진행했다. 특별히 진행이 뛰어났느냐 하면 그렇지는 않았던 것 같다. 그분들도 처음 하는 듯 어설펐다. 공기의 흐름이랄까, 어느 순간 참석자들 사이에 흐르는 공기가 달라졌다. 마치 고장 난 에어컨에서 더운 열기만 뿜어져 나오다가 산꼭대기에서 부는 시원한 바람 한 줄기가 획, 불었다고 할까. 아, 정말요? 그런 줄은 몰랐네요. 한 아이의 말에 가사 선생님이 울컥 눈물을 흘렸다. 아이들은 당황했다. 선생님은 집에서도 주눅이 든 상태가 지속되고 자면서도 가위에 눌린다고 했다. 아이들은 놀라 어쩔 줄 몰라 했다. 자신들의 행동이 이토록 심각한 문제가 될 거라고는 전혀 생각하지 않았다고 했다. 장난으로 던진 돌멩이를 맞고 뻗은 개구리를 본 얼굴이었다.

빈정대던 목소리가 사라지고 정중한 대답이 이어졌다. 깐족이들은 하늘이에게 도움을 요청했다. 사실 아직도 자신들의 어떤 행동이 선생님을 힘들게 했는지 정확하게 모르겠으니 혹시 또 그런 행동을 하면 그 자리에서 "바로 이런 거야"라고 지적해달라는 것이다. 하늘이는 당근, 오키도키! 하고 소리쳤다.

재승이는 전체학생회의를 통해 아침 안부를 묻는 조회

를 학교에 정착시켰다. '오늘 아침 기분이 어때? 우리는 네가 궁금해'가 슬로건이었다. 유치원 때 일이다. 가끔 엄마랑 떨어지기 싫은 날이 있다. 선생님 품에 안겨 울다가 우리 하늘이 이제 기분이 좀 나아졌어요? 물어보면, 언제 그랬냐는 듯이 선생님 품을 떠나 친구들에게 달려갔다. 어린 유치원생에게도 묻는 기분을 왜 커 가면서는 묻지 않는 걸까?

아침 안부 조회는 고작 10분이면 할 수 있는 일이지만, 그 효과는 종일 이어졌다. 아침에 들었던 친구의 안부가 싸움이 일어나려는 결정적인 순간, 멈칫하게 해주었다. 한 사람을 깊이 있게 알게 되면 함부로 주먹을 휘두르지 못한다. 이해는 애정을 낳고 애정은 배려를 낳는다. 아침 조회는 생각지도 못한 부분에도 영향을 미쳤다. 몰랐던 친구들의 취향을 알게 되면서 새로운 관계의 교집합이 생겼다. 하늘이가 기타를 치게 된 것도 바로 이 교집합 덕분이다. 평소 하늘이가 좋아하던 음악은 아니었지만 당시 마음 설레게 했던 아이가(도저히 이름을 밝힐 수 없다. 잠시 스쳐 간 짝사랑이다) 아침에 국카스텐 음악을 들었다고 해서 따라 듣기 시작했다. 덕분에 밴드음악에 미치게 되었고, 함께 음악을 하는 친구들을 만날 수 있었다.

아침 안부 조회는 하늘이에게 또 다른 의미가 있다. 바로 엄마를 하늘이 편으로 만들어준 것이다. 하늘이 엄마는 학교 근처에서 식당을 한다. 온갖 사람들이 들고나며 소문을 만들고 퍼트리는 진원지다. 엄마는 학교 이야기만큼은 철저히 귀를 막았다. 하늘이가 학교에 다닐 동안은 그래야 한다는 게 엄마의 철칙이었다. 그런데 어느 날 하늘이에게 물었다. 아침마다 모여서 수다를 떨더니 수업 분위기가 화기애애해졌다면서? 그때부터 엄마는 하늘이의 꿈을 응원해줬다. 오로지 선생님이 되라던, 철밥통이 얼마나 중요한지를 역설하던 엄마가 말이다. 마을지원단이 평화센터로 확장될 때 하늘이 엄마는 빅마우스 역할을 했다.

평화센터는 회복적 생활방식을 마을에 본격적으로 정착시키기 위해 만들어졌다. 눈에는 눈, 이에는 이 같은 응보적인 방식이 아니라 피해를 회복하는 방식이라고 해서 회복적이라는 수식어를 쓰는데 영 입에 붙지 않는다. 빨리 회복적인 게 당연한 세상이 왔으면 좋겠다. 회복이라는 말을 안 써도 되게. 어쨌든 평화센터는 누구에게나 관련 교육을 시켜줄 뿐만 아니라 대화모임을 진행할 마을위원을 키워 피가해자 지원과 교육청의 분쟁조정위원활동을 하고 있다. 하늘이에게 처음 대화모임에 참여해달라고 꼬셨던 상담 선생이 교육청 상담센터에서 일하게 되면서 교육청과의 연계활동에도 탄력이 붙었다. 지금은 파출소까지 연계하고 있다.

평화센터는 일상에서 흔히 쓰는 응보적인 태도에도 관심을 가졌다. 하늘이가 마을지원활동을 하면서 가해자로부터 가장 많이 들었던 말은 그럼 화가 나는데 어떻게 하느냐는 것이었다. 어떻게 하긴 어떻게 해? 화가 나더라도 남에게 피해가 안 되게 스스로 풀어야지. 음악을 듣든 일기를 쓰든 아무도 없는 곳에서 소리를 지르든. 왜 자신의 화를 남에게 피해를 주는 방식으로 푸느냐 말이다. 그건 순전히 어른들의 잘못된 교육방법 때문이다. 지도편달이라는 이름으로 자신의 화를 매에 실어 때렸던 선생과 부모들, 잘못하면 맞아야지 같은 신화를 평화센터는 하나씩 해체시켜 나갔다. 누구나 갈등을 대하는 방법을 알게 하고, 관계가 깨어지지 않도록 서로 떠받칠 수 있는 공동체를 만들어가는 것이 목표다.

고등학교 졸업 후 하늘이는 통신사 상담원으로 일했다. 수시로 폭언에 시달리면서 어쩌면 회복적 방식이 가장 시급한 대상은 직장인이 아닐까 생각했다. 하늘이가 그 기간을 버틸 수 있었던 것은 오로지 평화 전문가 연수 덕분이었다. 연수가 끝나자마자 하늘이는 평화센터 간사로 지원했다. 정화는 후원금을 모아 없던 자리를 만들어 하늘이를 채용했다.

센터 일을 본격적으로 시작하면서 하늘이는 특히 생활 속 피해에 집중했다. 갈등이 생기면 당사자만이 아니라 주변 사람들도 크고 작은 피해를 입는다. 교통사고만 해도 그렇다. 사고가 나면 주변의 길이 막히고 교통의 흐름이 깨지면서 예상치 못한 또 다른 사고가 생겨나기도 한다. 하지만 사고 당사자들의 피해만 집중해서 보상이 이루어진다. 그 사고 때문에 누군가는 약속에 늦고, 누군가는 면접을 못 볼 수도 있고, 또 누군가는 노부모의 마지막 인사를 놓칠 수도 있다. 하지만 그런 것들은 어디에도 호소할 수 없고 아무런 보상도 사과도 받지 못한다. 지금의 보상체계로는 피해를 과장되게 하고 나머지 공동체 구성원들을 소외시킨다.

사물도 그러한데 사람끼리의 사고는 말할 나위도 없다. 가장 나쁜 것은, 보험사가 모든 것을 처리하면서 진심 어린 사과와 재발 방지를 외면하게 되는 거다. 하늘이는 이 부당한 보상체계에 문제의식을 느끼고 행정안전부에 민원을 넣었다.

깐족이들은 센터에 자주 놀러왔다. 어느 날 휴대폰으로 웃긴 영상을 찍던 깐족이들은 영화제를 생각해냈다. 당연히 하늘이는 그들을 영화제 스태프로 임명했고, 그들은 기대보다 훨씬 애정을 가지고 영화제 일을 해냈다. 그제야 하늘이는 깐족이들을 제대로 이해하게 되었다. 그때 깐족이들은 할 일이 없었던 거다. 공부만 열심히 하라고 하는데, 그 공부를 못하니까 할 일이 없고 할 일이 없으니 깐족거렸던 거다. 공부가 아니면 존재의 이유가 지워지는 아이들이 효능감을 느낄 만한 일을 하늘이는 열심히 기획했다. 영미 앞에서는 엄살을 떨었지만, 하늘이는 3년 안에 깐족이들 중에서 자신과 같이 일할 친구가 나오게 하겠다는 포부를 가지고 있다.

이번 영화제의 대상은 『돌멩이는 죄가 없어』이다. 3분짜리 스마트폰 영화제지만 영화의 메시지도 훌륭하고 영상미도 좋아서 심사위원 만장일치로 선정했다.

등나무 벤치 아래 엄마와 아가가 앉아 있다. 아가가 혼자 아장아장 걷다가 돌멩이에 걸려 넘어진다. 엄마는 아가를 일으키기도 전에 돌멩이를 향해 때찌때찌를 한다.

250

우리 아가를 넘어지게 하는 나쁜 돌멩이, 라며. 아가는 엄마를 따라 고사리 손으로 돌멩이를 향해 때찌때찌 한다. 돌멩이 클로즈업, 또 다른 아가가 걸어온다. 돌멩이에 걸리려는 순간 어떤 손이 나타나 돌멩이를 집어 멀리 던진다. 아가는 넘어지지 않고 아장아장 걸어간다. 등나무 사이에 칡꽃이 피어 있는 클로즈업으로 엔딩.

맑고 좋은 보통의 날

기온이 뚝 떨어졌다. 어깨를 웅크린 검은 패딩의 무리 위로 하얗게 입김이 뿜어져 나온다. 입김 위로 흰 달이 구름에 걸려 있다. 서걱서걱 옷깃 스치는 소리와 저벅저벅 발소리, 우두둑 마른 잔가지 밟히는 소리, 툭 투르르르 씨앗 구르는 소리. 메마른 땅에는 정착하고 소멸하는 것들의 의식만이 남아 있다. 부지런히 꽃을 피우고 열매를 맺는 왕성한 시기도 좋지만, 찬란함과 아름다움을 위하여 차곡차곡 갈무리하는 순간이 그리울 때도 있다. 식물들은 제 몸의 이파리마저 모조리 떨구고 오로지 뿌리만으로 살아내려 숨을 죽이고 섰다. 인간에게도 동면하는 시간이 필요하다. 멀리서 들려오는 구세군 종소리를 따라가 쩽그랑 기부를 하고 뜨거운 코코아를 한 잔 마신 후, 이불 속으로 파고 들어간다. 담쟁이가 성기게 붙은 벽돌집 앞에는 솔방울과 붉은 열매로 만든 리스가 걸려 있다. 담벼락에 기대 놓은 자전거에 하얗게 눈이 쌓인다. 서리 낀 창문으로 노란 불빛이 환하다.

진석 엄마가 택배로 토마토를 보내왔다. 다시 살던 곳으로 돌아온 진석이네는 토마토 농사를 짓기 시작했다. 부모님과 함께 짓는 농사라 어렵잖게 적응하는 듯했다. 진석 엄마는 오며 가며 영미네 집에 못난이 토마토를 놓고 갔다. 영미는 그 마음 알 것 같아 못 이기는 척 받았다. 하지만 이사한 곳까지 보내올 줄은 몰랐다. 주소를 어떻게 알았을까. 영미는 진석 엄마에게 전화를 했다.

"자기야, 토마토 잘 받았어. 어떻게 알았어, 주소?"

"자기가 뛰어봐야 내 손바닥 안이지. 내가 그거 하나 못 알아낼 줄 알았어?"

"푸하하. 토마토 진짜 맛있네. 첫물일 텐데, 아주 달아. 농사꾼 다 되셨어."

"내가 아니라, 우리 진석이가 농사꾼이 됐잖아."

"진짜? 자동차 정비 배운다더니 농사 짓기로 했어?"

"응. 지난겨울에 내려와서 방바닥만 굴러다니더니 아빠랑 같이 농사 짓기 시작했어. 얼마 전에는 4H에도 가입했지."

"잘됐네, 잘됐어. 진석 아버님도 이제 힘에 부칠 텐데."

"요새 애들이 농사를 힘으로 짓는 줄 아는가? 컴퓨터랑 휴대폰으로 하더라고. 스마트 앱이니 스토어팜이니 그런 걸로 물 주고, 비료 주고, 팔기까지 해."

"그렇구나. 그럼 이제 한여름에 길에 나앉아 파느라 고생 안 해도 되겠네?"

"그렇지. 덕분에 내가 한가해졌잖아."

"아이고, 그거 자랑하려고 토마토 보냈구먼."

"ㅎㅎㅎ, 티 나?"

영미는 한바탕 웃고 전화를 끊었다. 박스에서 토마토를 꺼내 물로 쓱 헹궜다. 한입 가득 베어 물자 단물이 쯔읍, 흘렀다.

휴식년을 끝낸 영미는 돌연 이사를 결정했다. 갑자기 웬 이사냐고, 무슨 일 있냐고 정화가 난리를 쳤지만 지호는 담담하게 영미의 손을 도닥였다. 충실했고 충분했다. 매일 얼굴 맞대고 살았던 이들과도 딱히 연락하지 않았다. 그러다 진석 엄마처럼 어제 만난 듯이 통화했다. 영미는 노트북을 켰다. 토마토 주홍 물이 화면으로 툭, 튀었다.

맑고 좋은 보통의 날이다.

회복적 정의와 '돌멩이를 치우는 마음'

- 정진_리피스평화교육연구소장

천둥(조용미) 작가의 『돌멩이를 치우는 마음』은 우리 사회의 회복적 정의운동을 다시금 돌아보게 합니다. 회복적 정의가 생활교육의 원리로 작동하면서 학교와 마을, 가정에 새로운 문화가 스며드는 것을 목격했던 저는, 우리 사회가 박힌 돌멩이를 처벌하는 무한 반복에서 벗어나 창의적인 문제해결로 나아가기를 기대하는 마음으로 영미님께 보내는 편지의 형식을 빌어 '보태는 이야기'를 전합니다.

평화활동가 영미님께

영미님, 안녕하세요? 조광길입니다. 너무 오랜만이지요? 영우중학교를 떠난 지도 이제 3년이 훌쩍 지났습니다.

예전 학교에서 근무할 때도 그랬지만, 지금의 학교는 이전과는 비교할 수 없을 만큼 저의 인생 성장판을 자극하는 공간이 되고 있습니다. 무언가를 바로 잡기 위해 고군분투하던 시절이 있었던 만큼 작은 의문으로 시작된 '정의'에 관한 관심이 제 인생을 송두리째 바꿔놓았습니다. 처음에는 웬 학부모님이 이렇게 열정적으로 덤비시는지 솔직히 많이 부담되었습니다만, 지금 돌이켜보면 되레 저에게 그 파장이 없었다면 어땠을까 하는 아찔함마저 들곤 합니다.

영미님, 정의에 관해 사람들이 흔히 그러하듯 저도 인과응보, 권선징악의 단순하면서도 보편적인 진리를 믿고 그 원칙으로 아이들을 교육했습니다. 여러 해석의 여지가 있었지만, 그래도 제겐 직관의 힘이 있었고 아이들과 함께했던 시간이 준 역량이 선물로 주어졌기에 어느 정도 자신감이 있었습니다. 그런데 그 자신감이 세월이 갈수록 떨어졌습니다. 제가 원칙대로 한다고 해서 사람의 일이, 특히 관계의 문제에서는 딱딱 맞아떨어지는 게 아니더라고요.

처음에는 모두 학생 탓, 학부모 탓, 동료 교사나 교장·교감 선생님의 무능함이라고 생각했습니다. 원칙을 지키지 않으려는 사람들로 인한 작은 부작용에 너무 흔들리지 말자고 다짐도 해봤습니다. 그러나 다른 사람의 삶의 문제를 단편적인 사건 위주로 파악하고 해결하고 종결하는 방식으로는 언제나 잡음이 생겨나면서 제가 생각했던 '원칙'이 무너지는 것을 느꼈습니다. 그 방황이 시작될 무렵 영미님을 만난 거지요. 만난 게 아니라 찾아오신 것이라고 해야 정확할 겁니다.

저는 사실 어떻게 수업할 것인지 생각도 많이 하고 '교육과정 함께 만들기' 주간을 통해 발표도 할 만큼 교과에는 자신이 있었어요. 타 교과에 비해 체육 과목을 어떻게 의미 있게 구성할 것인지 제 나름대로 열심히 준비했다고 봅니다. 그런데 다른 선생님들 역시 그러시겠지만, 대학을 다닐 때도, 임용을 준비할 때도 아이들을 어떻게 대해야 하는지 생활교육에 관해서는 실질적인 연습을 하지 못했습니다. 추상적인 교육심리에 대한 이야기를 들었을 뿐이지요.

교사가 마음먹기에 따라 아이들은 교육의 현장에서 주체가 되지 못하고 교사의 일방적인 가르침을 따라야 하는 수동적 존재가 되기 쉽습니다. 이 때문에 어느 정도 생활교육에 대한 저의 부족함을 권위로 숨길 수 있었지만 근본적인 마음속 의문점들은 해결할 수 없었습니다. 제 연약함이 드러나게 되면 아이들을 더 이상 가르칠 수 없을 거라고 생각했고, 아이들을 잘 '다루지 못한다'는 학부모 민원도 두려웠던 게 사실입니다.

영미님을 만나고 나서 저의 부족함에 대해 솔직히 드러낼 수 있었습니다. 교사도 연약한 존재라는 것을 인정할 때, 저뿐 아니라 타인이 지닌 여러 욕구들을 알아차릴 수 있는 능력이 생기는 것을요. 회복적 정의는 저에게 그 길을 열어 주었습니다. 몇 차례 교사연수를 통해 알고는 있었지만 실제로 문제 상황이 생겼을 때 어떤 우선순위로 어떻게 진행해야 할지, 또 변수가 발생해서 딱 들어맞지 않는 경우에는 어찌해야 하는지… 너무 모호했었거든요.

그 모호함이 저의 연약함을 인정하게 하는 통로라는 것을 알게 되었습니다. 영미님 덕분이라고 말씀드리고 싶어요. 성당에서 있었던 문제해결 과정 기억나시지요? 그때는 정말 그만하고 싶다는 생각밖에 안 들었거든요. 모임의 종료를 알리는 마지막 인사를 드릴 때, 저는 인사를 한게 아니라 저 스스로 패배자임을 인정한 겁니다. 모임의 실패를 인정하는 상징적인 제스처라고 할까요? 더 이상 자신이 없었습니다. 노력해도 해결되지 않는다는 그 허무

함과 무력함을 견디기 힘들었으니까요.

그런데 시간이 지나면서 뭐랄까… 그 모임이 '과연 실패한 것인가?' 하는 생각이 들었습니다. 모임을 마치고 교장 선생님과 맥주를 들이켰습니다. 속에 있는 이야기를 다 털어놓지는 못했지만 일단 타들어가는 속부터 진화하고 싶었어요. 동시에 나 자신에게 온갖 욕을 퍼붓고 있었지요. "머저리같이 제대로 해결하지 못했다!"라며 엄청나게 비난했습니다. 이렇게 솔직하게 고백하는 게 맞는지 모르겠습니다만 한 꺼풀 벗겨내니 이야기할 수 있는 것 같습니다.

이후 저는 다시 공부하기 시작했어요. 연수도 듣고 자문을 받기도 하고. 중요한 것은 제 스스로 정리하는 시간을 갖는 거였어요. 고민도 많이 해보고 다른 선생님들의 사례도 들어보고 연수해 주신 강사님에게 계속 질문하면서 제 안으로 수용해 나가려고 부단히 애를 썼습니다. 그러던 중에 학교를 옮기게 되었고요.

회복적 정의를 기초로 적용하고 있는 회복적 생활교육은 다만 문제해결을 위한 과정만이 아님을 그때서야 알게 되었답니다. 회복적 생활교육은 문제해결 이전에 있어야 할 것과 이후에 찾아가야 할 로드맵을 과제처럼 내주더라고요. 갈등은 어디에나 존재하는 것이지만 갈등을 분쟁으로 끌고 가면서 즉발적인 폭력성을 드러낼 것인지, 아니면 대화를 나눌 것인지는 당사자가 선택할 수 있는 문제라는 겁니다.

저는 학교폭력이 일어날 때마다 행정적인 절차는 잘 완수했지만 아이들이 대화로 문제를 해결해 나가지 못하면서 생겨나는 감정의 미해결 과제를 어떻게 처리해야 할지 몰랐습니다. 그 감정은 기억의 문제이며, 그 친구의 가족 체계에서 비롯된 몸에 새겨진 감각의 문제라는 것을 고려해야 했습니다. 또 문제 해결에서 미온적 반응을 보이더라도 실패하거나 끝난 것이 아니라 새로운 관계를 만들어 갈 수 있는 여지는 얼마든지 있다는 것과 때로는 관계 속에서 생겨난 문제를 수면 위로 올려놓는 것만으로도 의미가 있다는 것을 알게 되었지요. 대화모임을 경험한 아이들의 이후 삶을 지켜보면서 제가 개입했던 일들이 헛된 일이 아니라는 것 역시 알게 되었습니다.

인간의 삶이 옳고 그름을 곧바로 논할 수 없을 때가 많지만, 저는 아이들이 '옳음'을 향해 나아갈 수 있도록 회복적 대화모임을 계속해서 만들고자 합니다. 그 계기가 아이들에게는 특별한 순간이 될 수 있다는 확신에서입니다.

　영미님, 여름 태풍이 지나고 나니 한결 시원해졌습니다. 너무 제 이야기만 주절주절 늘어놓은 것 같아 죄송스럽습니다만, 이렇게라도 해야 빚진 마음을 갚을 수 있을 것 같아 솔직한 심정을 담아 보았습니다. 그러니 영미님의 자리에서 빛나는 일들이 지속되었으면 하는 마음을 저버리지 마시고 가정으로, 마을로, 학교로 계속 확장해 나가도록 도와주세요. 현장 교사의 마음이라 그런지 더더욱 영미님의 존재에 감사하게 됩니다.

　조만간 우리 학교에서도 회복적 생활교육 워크숍이 열린답니다. 학부모 대상이긴 하지만 마을 사람들에게도 개방해 놓았습니다. 시간이 허락되신다면 오셔서 사례를 들려주시면 좋으련만…. 이것은 따로 연락드리겠습니다.

　계속 소식 들려주시고 나누어 주시길 바라요. 저 역시 동료 교사들과 함께 새 일을 도모하고 있는데, 응원해 주시고요. 영우중에서 경험한 소중한 자산이 이곳에 와서 제 동력이 되고 있음에 감사드립니다. 건강 잘 챙기시고 평화와 정의의 길에서 다시 뵙겠습니다.

교사 조광길 드림

온전한 것을 향하여

몇 가지 원칙을 지키려고 노력했다. 가능한 한 폭력 장면을 생략하고 폭력을 정당화할 수 있는 서사를 쓰지 않을 것, 당사자들의 변화보다 주변 어른들의 변화에 집중할 것, 피해 회복의 과정과 구조를 만드는 일에 초점을 맞출 것. 적어도 그런 것이 우리가 살아가고 싶은 세상이라고 생각했다.

뾰족한 원고를 들고 출판사를 찾아 헤맬 때, 나를 갈고 다듬을 생각은 안 하고 담아주는 그릇이 없다고 투덜거렸다. 뾰족한 것은 뾰족한 대로 의미가 있다고 기꺼이 그릇을 내어주신 내일을여는책 김완중 대표님께 감사드린다.

부드러운 힘으로 고칠 데와 밀고 나갈 데를 구분해주신 이헌건 편집장님께도 감사의 마음을 전한다.

전적으로 생활을 책임지는 남편에게도 지면을 빌어 고맙다고 말하고 싶다. 당신의 셔터맨 꿈은 이뤄지기 힘들겠지만 당신은 문화예술지원사업을 하는 거니까 자부심을 가지라고 농담처럼 말하곤 했는데, 사실이 그렇다. 당신이 아니라면 글로 세상과 대면하지 못했을 것이다. 앞으로도 잘 부탁해.

마지막으로, 회복적 정의를 가르쳐주고 자문해주신 정진 선생님, 고맙습니다.

우리의 시선과 태도가 온전한 것을 향하기를.

2022년 8월 천둥